Weißenborn · Vom Zauber der kleinen Dinge

Theodor Weißenborn, geboren 1933 in Düsseldorf, Studium der Kunstpädagogik, Germanistik, Romanistik, Philosophie sowie der medizinischen Psychologie in Düsseldorf, Köln, Bonn, Würzburg und Lausanne. 1956 Examen du Degré Supérieur de Français Moderne. Träger zahlreicher Literaturpreise, u. a. des Georg-Mackensen-Preises für die beste deutsche Kurzgeschichte. Seit 1971 Mitglied des PEN. Zahlreiche Buchveröffentlichungen (Erzählungen, Romane, Essays, Lyrik).

THEODOR WEISSENBORN

VOM ZAUBER DER KLEINEN DINGE

Geschichten zum Liebhaben

Friedrich Bahn Verlag Konstanz

Die Deutsche Bibliothek – CIP-Einheitsaufnahme

Weissenborn, Theodor:
Vom Zauber der kleinen Dinge : Geschichten zum Liebhaben /
Theodor Weissenborn. – 1. Aufl. – Konstanz : Bahn, 1994
ISBN 3-7621-1518-4

1. Auflage 1994

Umschlaggestaltung: Hartmut Namislow, Essen,
unter Verwendung eines Gemäldes von Karl Hofer
Gesamtherstellung: MZ-Verlagsdruckerei GmbH, Memmingen
Printed in Germany
ISBN 3-7621-1518-4

INHALT

Prolog

REICHTUM, DER AM WEGE LIEGT

Manchmal, wenn die Aufregung über die Dinge, die uns wichtig und groß erscheinen, uns müde und matt gemacht hat, wenn unsere Begeisterung verschwendet war für eine Sache, die wir endlich als nichtig erkannt haben, so daß wir nun erschöpft und ruhig sind, nichts lieben und nichts hassen mögen und uns innerlich arm fühlen – dann erwacht wohl die Bereitschaft in uns, an kleine Dinge zu denken, die wir früher einmal besessen haben, die uns reich und glücklich machten und die wir doch später, da sie unscheinbar und unaufdringlich waren, leicht vergessen und als unwichtig verachtet haben . . . Ihr Klang aber ist leise in unseren Ohren geblieben, und wir fragen nun wohl voll geheimer Furcht, ob wohl die Dinge erhalten geblieben sind und ob nur wir selbst es sind, die sich verändert haben.

Mir kommt dann immer die Erinnerung an meinen Großvater, der sich stets sehr ernsthaft mit Kindern zu unterhalten pflegte und der einmal zu mir gesagt hat: »Die Kinder haben alle Reichtümer der Erde; sie sind uns so sehr überlegen im Guten und im Glück, daß es uns schon bereichert, wenn wir uns nur mit Worten von ihnen belehren lassen.« Und dann erinnere ich mich an kleine Geschehnisse aus meiner eigenen Kindheit, an das Spiel mit meinen Geschwistern, da wir auf dem Hof um eine Kiste saßen, unsichtbare Teller aufstellten, mit unsichtbaren Löffelchen rührten und aus unsichtbaren Tassen den köstlichsten unsichtbaren Kaffee tranken. Welch ein Reichtum der Phantasie! – Freilich, dies kehrt nicht wieder; und doch, ist es nicht schon eine Bereicherung, einem Kind beim Spielen zuzusehen und mit ihm das Wunder des Schaffens aus dem Nichts zu erleben?

Und eine andere Erinnerung an meine Kindheit. Vergangenes, Vergessenes, Verstummtes – Liebenswertes. Heißes Sonnenlicht über den Feldern, verstaubtes, verdorrtes Gebüsch in einer Mulde, warmer Sand auf den schimmernden Wegen, barfuß, Durst. Viele, viele Hundeblumen, Kamille und graue Gräser – und dann, nach dem langen, blitzenden, saugenden Mittag, ein Wäldchen. Kühler Bach vor samtener, lebendiger, fremder, dunkler Schattenwand, Grün spiegelnd, die verworrenen Bäume entlang und glänzend mit Gefälle hindurch. – Wasser, klar, tief, Steinchen bergend, gut ... Holunder und Brennesseln unter dichtem

Laubdach, weiße Scherben, vom Wasser gebracht, verfaulte Zweige, Hölzchen – und ein nach Moder duftendes Lager zwischen Waldmeister am Rande des Baches – Schatten, Kühle, Ruhe und Stille. Wind in den Zweigen, Vogelruf und Murmeln des Baches in der Nähe, Müdigkeit – und unendlicher Reichtum an Zeit, an Wasser, an Sonne über den Wipfeln – Himmel, Licht und Dämmerung, Besänftigung, Milde und Trost . . .

Und einmal, da ich in meiner Schlafkammer am Fenster stehe, ein Wagen, der auf der Landstraße durch die Nacht rollt, durch die helle, kühle Nacht, vor dem Dunkel des Waldes, und rollt und rollt, im Wind und im Schein der Sterne, leise und leiser, fern, fern . . .

Und das Wunder geschieht: All dies ist nicht verloren, es wartet auf uns, es ist da. Warum müssen wir in fremde Länder gehen, um Großartiges und Gewaltiges zu erleben! Müssen wir erst das Mittelmeer, Capri und die Blaue Grotte, Mallorca oder die Niagarafälle gesehen haben, um reich und glücklich zu sein? Warum nehmen wir nicht wahr, was uns gegeben ist! Und warum erleben wir nur den Tag, warum nicht die Nacht! Sie kann ein zweites, reicheres Leben sein, weil wir in ihr die Sterne sehen und ihnen näher kommen, wenn sie uns in die Augen hereinscheinen und die Nachtigallen sich

antworten die dunklen Bachläufe hinauf und hinab ...
Dies macht nicht müde und arm, sondern wach und reich. Und nicht nur die Dinge der Natur, so unbedeutend sie uns auch mitunter erscheinen, bereichern uns, nein, auch das Wort eines Menschen, ein Gespräch, das wir führen, kann uns die Augen öffnen für den Reichtum und die Fülle des uns umgebenden Ganzen. – Als ich ein Kind war, setzte meine Mutter sich eines Abends mit mir auf den Trittstein vor unserm Haus und half mir, ein Gedicht auswendig zu lernen. Die Schwalben flogen niedrig um uns her, und ich höre noch die tröstenden Worte meiner Mutter: »Warte nur, ich lerne mit; dann brauchst du nur die Hälfte zu lernen.« Welch ein Reichtum an Liebe kann in einem einzigen Wort liegen! Und verschließen wir uns nicht oft diesem Reichtum, den ein anderer vielleicht seit langem für uns bereithält? Und warum? Vielleicht deshalb, weil wir es meist so eilig haben; so eilig, daß uns keine Zeit bleibt, auf ein einziges Wort zu hören, das an uns gerichtet wird, das uns den Blick erhellen und uns auf das verweisen könnte, was wir eigentlich suchen. Und manch einer hat es so eilig, daß er an seinem eigenen Leben vorbeilebt, daß er all das nicht wahrnimmt, was ihm an Talenten, an inneren Reichtümern gegeben ist.

Wir übersehen aber die Reichtümer, die in einem Ding, einem Wort, einem kleinen, scheinbar unbedeutenden Geschehen liegen, weil wir nur selten das Ganze vor Augen haben und oft nur etwas Einzelnes, Besonderes und Auffälliges erstreben. Und doch sind es gerade die kleinen Dinge, die den Reichtum des Ganzen offenbaren und durch die uns die Kraft zum Höchsten zufließt. – Wir beziehen die Dinge so gern auf unser Ich, bewerten sie nach ihrem Nutzen, danach, ob sie sich unsern Zwecken unterordnen und dem Einzelnen, das wir erstreben, dienen, und wir müssen erfahren: dies macht ungerecht – und arm. Nun aber wollen wir uns den Reichtümern, die in den kleinen, unbeachteten Dingen liegen, aufschließen und uns ihnen hingeben! Und dann, wenn uns der Reichtum des Ganzen recht aufgeleuchtet ist, wenn wir uns für das Ganze, das im Kleinen und scheinbar Unbedeutenden sich offenbart, recht begeistern, dann wollen wir aus dem Reichtum und aus der Kraft des Ganzen heraus das Einzelne schaffen, damit es selber, wie das Spiel des Kindes, der Schatten des Waldes, das Wort eines liebenden Menschen, auf das Ganze verweise, auf seine Schönheit und seinen Reichtum.

HEIMKEHR IN DIE STILLE

Während ich ging, hob das Land vor mir sich auf zu Wällen von Hügeln und Bergen, die grau und blau vor dem Himmel standen, streng und strahlend. Noch war kein Durchgang zu sehen; da wurde mir das Gehen schwer. Ich war müde; so müde, als trüge ich eine Last auf den Schultern, deren Gewicht mir den Atem nahm. Und ich hatte doch nur den Rucksack auf dem Rücken mit ein wenig Wäsche und ein paar Büchern. Die Dinge, die mich in der Stadt umgeben hatten, all die Jahre hindurch, und denen ich den Rücken gekehrt hatte, wollten mich nicht lassen. Noch bewegten sie mich. Aber ich spürte, daß sie mich krank gemacht hatten mit ihrem Überfluß und ihrem Schein von Wichtigkeit, und ich war gegangen, einen Weg zu suchen aus der Unrast, die mich getrieben hatte, sie zu erwerben, aus aller Ungeduld und Verwirrung in das einfache, klare, geordnete Leben, das meine Eltern geführt hatten und das ich selbst gekannt hatte, als ich ein Kind gewesen war. – Ich war immer tätig gewesen, und nun fühlte ich doch, daß ich mich geirrt hatte. Der Fleiß und die Tätigkeit hatten mich nicht glücklich gemacht. Aber meine Eltern waren immer heiter gewesen; und hatten sie nicht auch gearbeitet und etwas geschafft? Es mußte ein Höheres sein über dem Fleiß und der Tätigkeit, schloß ich, etwas, das der Arbeit erst ihren eigentlichen Sinn gab, das sie leicht machte und den, der sie verrichtete, froh. Meine Eltern hatten es gekannt. Ich konnte nicht sagen, wie es beschaffen war; es war aus meinem Bewußtsein entschwunden, und ich suchte es. Aber ich ahnte, daß es mich glücklich machen würde und daß ich es am ehesten in dem Land finden könne, von dem ich ausgegangen war und von dem ich mich seit meiner Kindheit getrennt hatte. Dies war das Land, das hinter den Bergen lag.

Da ich weiterging, wurde die Landschaft lieblicher. Die Berge rückten heran und standen nun, wälderbedeckt, grün und dunkel da, unter dem tiefblauen, klaren Himmel, schimmernd im Glanz der Sonne wie Achat. Ich erkannte die Einschnitte der Täler, mein Schritt wurde leichter und mein Blick freier, und als ich am Fuß der Berge anlangte, da strömten mir die Flüsse reich und glänzend entgegen und brachten klares Wasser in das Flachland hinter mir. Ich ging an ihnen hinauf, durchschritt den Wall der Berge, der mich getrennt hatte von jenem Land, das ich suchte, die Namen der Wälder und Fluren waren mir vertraut, ich ging den Weg auf der Höhe entlang bis zu der grauen, steinbesäten Weide, auf der ich als Kind Hütten gebaut hatte. Hier blieb ich stehen – es war dies die höchste Stelle vor dem Wald – und sah weithin in die Ebene, aus der ich heraufgestiegen war.

Es tat sich sehr viel in der Ebene. Fern lag der Rauch der Stadt über ihr und verdeckte das Grün der Landschaft, Züge fuhren, man sah den weißen Qualm der Lokomotiven, ein Flugzeug blitzte in der Sonne . . ., ich dachte an das ständige Rauschen, das in den Städten war, und an die Menschen, die in diesem Rauschen ihre Arbeit taten. Sie hatten schmale Lippen und verwirrte Augen, sie waren fleißig und redeten viel, sie nutzten die Zeit. Und sie taten dies, weil sie glaubten, es sei ihre erste und letzte Aufgabe, ihre einzige Pflicht, so zu handeln: die Zeit zu nutzen, rastlos tätig zu sein. Dies war die Last, die ihnen den Rücken beugte, die sie zwang, den Blick zu Boden zu richten.

Ich stand so eine Weile in dem kühlen Wind, der über die Höhen strich, sah hinab in die Ebene und hing meinen Gedanken nach. Das Gras raschelte zu meinen Füßen, Vögel sangen in den Hecken am Rand der Wiese, über den Hängen lag golden der letzte Schein der Sonne. Dann wandte ich mich ab, folgte dem Pfad, der durch das Köhlerholz führt, die Tannen rauschten dunkel um mich her, ich kam an die große Linde, zwischen deren Wurzeln der Sandborn entspringt, und ging neben dem Murmeln des Wassers an den Stationsbildern hinab ins Dorf. Es war Abend geworden. Vereinzelte Wagen kehrten noch heim, Tore wurden zugeschoben, in den Gassen segelten die Schwalben. Ich ging die Kirchgasse hinab und am Brückengraben entlang nach Hause. Das Tor stand noch offen, die andern waren gerade vom Feld heimgekommen, der Wagen stand auf dem Hof, und Bruder Konrad schirrte die Pferde aus. Er kam mir entgegen, als er mich sah, und begrüßte mich, die Schwägerin und Vetter Albert kamen herzu, ich stand einen Augenblick mit ihnen zusammen und beantwortete ihre Fragen, wobei der Hund, der mich wiedererkannt hatte, vor seiner Hütte stand und wie unsinnig bellte, dann ging ich den Trittstein hinauf und durch den Flur und die Küche in die schon dämmrige Stube. Ich legte den Rucksack auf einen Stuhl und setzte mich auf die Bank hinter dem Tisch, um auszuruhen und nachzudenken. Vor mir lag eine Zeitung; aber ich mochte nicht lesen. Die Glieder waren mir schwer von dem langen Weg, ich saß nur und hörte das Ticken der hohen Standuhr im Winkel, den einschläfernden, steten Zweitakt – plötzlich schlug die Uhr neun, mit silbernem Klang, ich richtete mich auf und war wieder ganz wach. Es dauerte nicht lange, so kamen Bruder Konrad und Vetter Albert herein, um Feierabend zu machen. Vetter Albert setzte sich an das Fenster, das zur Straßenseite hin liegt, und sah hinaus auf die Gasse, Bruder Konrad setzte sich zu mir auf die Bank, holte seinen Tabaksbeutel hervor und stopfte sich die Pfeife. Ich sah ihm zu, wie er den Tabak sorgsam festdrückte, und sagte: »Ich bin froh, daß ich hier bin.« – »Ja«, sagte er, »nun ruh dich mal aus!« Er zündete die Pfeife an, rauchte bedächtig und sah vor sich hin. Wir waren beide still. Ich sah in der Dunkelheit, wie der Tabak im Pfeifenkopf von Zeit zu Zeit aufglühte, hielt die Hände im Schoß und lauschte auf die Geräusche, die von draußen hereinschallten. Das Fenster zum Hof stand offen, so daß man in der Stille des Abends deutlich das Klirren der Ketten im Stall hörte und manchmal das kurze Quieken eines Ferkels, das unter seinen Geschwistern im Koben keinen rechten Platz zum Liegen fand. Die Pumpe kreischte, und ein Eimer wurde abgesetzt. Dies alles war ganz anders als das Rauschen der Stadt. Diese Geräusche waren ohne Arg; sie stumpften das Ohr nicht ab, sie ließen es aufhorchen und waren wie der wohltuende Klang der Stille selbst. Ich freute mich an ihnen und war zugleich traurig, daß ich ihnen so lange fern gewesen war. Die Uhr tickte fort und fort, keiner von uns, die wir in der Stube waren, sagte etwas. Wir saßen nur da, und jeder hing seinen Gedanken nach. Zu anderer Zeit wäre es mir unmöglich gewesen, so lange stillzusitzen und zu schweigen. Nun aber, da ich die Schwere der Müdigkeit fühlte, überließ ich mich ganz der Stille um mich her, gleichsam als gehorchte ich der Forderung eines anderen Ich in mir, bereit, mir alles geschehen zu lassen, was geschehen würde. Die Schwägerin setzte in der Küche die Teller auf den Tisch und sang dabei, und es kam mir der Gedanke an meine Mutter, die auch immer gesungen hatte des Abends, wenn sie den Tisch deckte oder wenn sie am Spinnrad oder am Spulrad saß, und die immer ein frohes Gesicht und helle Augen gehabt hatte. – Dies muß es sein, dachte ich: sie hat die Stille gekannt, um die auch die andern hier wissen, die Stille des Feierabends, auf die man sich tagsüber freut, die ungenutzten, scheinbar leeren Stunden, die so gefüllt und reich sein können, daß sie dem Gemüt all das geben, dessen es bedarf, um froh zu sein: Übereinstimmung mit sich selbst und der umgebenden Welt. –

Es war nun ganz dunkel geworden in der Stube. Draußen waren schon die Sterne über den Dächern und den Gärten. Die Schwägerin machte die Tür auf und rief uns zum Essen, ein heller Lichtschein fiel aus der Küche in die Stube, und ich sah in das Gesicht von Bruder Konrad, der in all den Jahren hier gewesen war und unsere Felder bestellt hatte; – es war wie das Gesicht meiner Mutter. Da beschloß ich, eine Zeitlang zu bleiben, um mit Bruder Konrad ins Feld zu fahren, ihm beim Bau des neuen Schuppens zu helfen und an den Abenden in der dämmrigen Stube mit ihm zusammenzusitzen. Ich wollte erleben, was ich so lange entbehrt hatte.

MEIN FREUND, DER HÜPSTEDTER ANDRES

Nicht viele von denen, die diese Geschichte lesen, werden den Hüpstedter Andres von Angesicht zu Angesicht gekannt haben, und die meisten werden wohl gar zum erstenmal hier von ihm hören. Aber das schadet nichts; denn mit dem Kennen ist es eine eigene Sache: Man kann etwas vom Hörensagen kennen und vom persönlichen Begegnen; und man kann das persönliche Begegnen höher schätzen. Aber nicht immer sind die Dinge und die Menschen in der Wirklichkeit vollkommener als in unserer Vorstellung, und oft sind gerade die Bilder, die wir uns in der Phantasie von ihnen machen, schöner und lebendiger als die, welche uns in der Welt des Sichtbaren gegeben sind.

Als ich selbst dem Andres zum erstenmal in der Wirklichkeit begegnete, da war ich noch so klein, daß ich lieber auf der Fußbank als auf einem Stuhl saß. Es war im Winter, und der äußere Anlaß zu dieser Begegnung war traurig: Bei uns zu Hause sollte ein Schwein geschlachtet werden.

Das Schweineschlachten ist gewiß ein notwendiger und nutzbringender Vorgang, und der Schlachter lebt davon; aber all dies kann doch nicht über die Tatsache hinwegtäuschen, daß das Schwein dabei sein Leben lassen muß, und das war für mich als Kind, da mir alle Haustiere gleichgestellte Freunde waren, etwas überaus Schmerzliches und Trauriges. Es gab mir immer einen Stich ins Herz, wenn ich hörte, daß unser gutes, munteres Schwein erstochen werden sollte, obwohl es doch unschuldig war und nicht das geringste verbrochen hatte. Und wenn mich so das Mitleid mit dem armen Tier übermannte, dann konnte es geschehen, daß ich mich in irgendeinen verlassenen Winkel kauerte und vor mich hinweinte, bis all das Schreckliche vorüber war. So ging es auch diesmal.

Vom Hof her schallte das schrille, angstvolle Gequieke des Schweines, ich saß draußen vor der Vordertür auf dem Steintreppchen, sah hinab in den Schnee, der auf der Straße lag, zitterte vor Kälte und weinte bitterlich. Mir war so recht weh ums Herz vor Mitleid, und ich hatte nur den einen Gedanken: Wenn doch das Schwein nur gerettet würde! Aber mein Wunsch sollte nicht erfüllt werden. Das Quieken des Tieres wurde leiser und leiser, schwoll noch einmal an, erstarb endlich, ich glaubte noch zu hören, wie der Wind ein letztes, verzweifeltes Röcheln über das Haus trug, dann war alles still.

Da wußte ich, daß unser Schwein tot war. Der Schmerz schnürte mir die Kehle zu, ich bohrte mir die Fäuste in die Augen und weinte und weinte vor mich hin, und die Tränen rannen mir die Wangen hinab, tropften auf die unterste Stufe des Trittsteins und schlugen dort kleine runde Löcher in den Schnee. Es war ein großer Jammer.

Als ich noch ganz in meinen Schmerz vertieft dasaß, sagte auf einmal eine weiche, traurige Stimme vor mir: »Du hältst die Leichenklage; ich weiß es wohl. Du weinst über einen Ermordeten.«

Die Worte sanken weh und herb in mein Inneres hinab, ganz tief und schwer, und ich mußte noch mehr weinen. Aber ich blickte auch sekundenlang auf und sah einen sonderbar gekleideten, dicken alten Mann vor mir stehen, der mir milde und traurig in die Augen schaute. Das mußte der Hüpstedter Andres sein! Meine Brüder hatten mir früher schon erzählt, wie er aussehe, und so ging nun meine Vorstellung von ihm in Erfüllung. Und seltsam, in diesem Augenblick geschah es bereits, daß ich den Andres unbewußt und ungewollt verstand, und hier war es auch, daß ich ihn lieben lernte.

»Huuuuu!« rief ich unter Tränen, »es ist ganz tot! Huuuuu! Und es wird nie wieder lebendig!«

»Schweinstot ist es«, erwiderte der alte Mann und bestätigte damit die Ursache meines Schmerzes. Dann schwieg er eine Zeitlang, schaute mich aufmerksam an und sagte endlich: »Aber nun lebt es schon wieder.«

Ich wollte es nicht glauben und schüttelte den Kopf.

»Doch, doch«, beteuerte er, »nun ist es erst richtig lebendig geworden. Vorher hat ja das arme Tier ein elendes Leben gehabt. Tagaus, tagein war es in dem alten, engen Koben gefangen, und immer lag's im Dreck. Aber nun ist es im Schweinehimmel. Das ist eine große grüne Wiese, da kann es rumlaufen, kann sich im Gras wälzen und Butterblumen fressen. Das ist einmal schön für ein Schwein.«

Das war ja nun ein wunderbarer Trost, für das Schwein wie für mich. Während der Andres gesprochen hatte, waren meine Tränen nach und nach versiegt, und als er geendet, verriet nur noch ein heftiges Schlucken in meiner Kehle den vorhergegangenen Schmerz. Ich wischte mir noch einmal mit dem Ärmel über die Augen, und endlich, als sie wieder klar waren und als mein Herz sich wieder beruhigt hatte, schaute ich auf und betrachtete den alten Mann

vom Kopf bis zum Fuß mit größter Zuneigung.
Was mich so sehr zu dem Andres hinzog, das war neben seinem sonderbaren Wesen seine überaus eigenartige äußere Erscheinung. Das war ja fast ein Zigeuner, der da vor mir stand, oder sogar ein Zauberer. Aber ein guter Zauberer mußte der Mann sein; sonst hätte er gewiß nicht so liebevoll zu mir gesprochen.
Tatsächlich war ich einem Menschen mit so buntem, so verworrenem und so wunderlichem Aussehen noch nie begegnet. Die ganze Erscheinung des Andres war unerhört. Er schien seine ganze Habe bei sich zu tragen: Ich zählte zwei Anzüge, drei Mäntel, zwei Paar Schuhe, zwei Hüte, eine Ledertasche und eine Ziehharmonika. Hinter ihm stand ein struppiger kleiner Hund; der war an einem Bindfaden festgebunden, hatte ein Schlappohr und ein stehendes Ohr und zitterte vor Kälte. Und wahrhaftig, die Mäntel und die Anzüge hatte der Andres alle übereinander angezogen. Das war anscheinend die einfachste Art, sie immer bei sich zu haben. Aber dadurch wirkte auch seine von Natur schon kleine und untersetzte Gestalt rund und unbeholfen, und wenn man noch dazu den großen Strohhut sah, der als ein weit überragendes, mächtiges Dach auf seinem Kopfe lag, so konnte man wohl auf den Gedan-

ken kommen, den alten Mann einen »wandelnden Pilz« zu nennen. Der Strohhut schien sein besonderer Stolz zu sein. Im Gegensatz zu den Schuhen, die der Andres an den Füßen trug, war er gut erhalten und wirkte fast neu. Die Schuhe jedoch waren kaum noch als solche zu erkennen. Sie bestanden nur noch aus Löchern und Flicken, und das zweite Paar Schuhe sah nicht viel besser aus. Es hing an einem Riemen, den sich der alte Mann über die Schulter gelegt hatte. Als Gegengewicht diente die Ledertasche, die sicherlich ein Fundstück war. Die Ziehharmonika endlich, wohl das kostbarste Besitzstück, war in einen Lumpen von unbestimmter Farbe eingeschlagen, und Andres trug sie mit liebevoller Vorsicht auf seinem breiten Rücken.

Im Gesicht des Mannes fielen mir als erstes die Augen auf. Sie waren klein und mausgrau, lagen tief im Kopf und sahen mich mit traurigem Ernst an. Die Stirn mit den wehmütig nach unten gezogenen Brauen war zerfurcht und gefalten, aber gerade und von einer trotzigen Breite. Die untere Hälfte des Gesichtes wurde vollständig bedeckt von dem langen strohfarbenen Vollbart, über dem wie ein kleiner Berg die sanft gerötete Nase stand. Der Mund war irgendwo zwischen den Barthaaren verborgen, und seine genaue Lage war nur zu vermuten.

Ähnliches galt auch für die Ohren, über die das lange, strähnige Haupthaar gewachsen war. Aber damit waren die Beobachtungsmöglichkeiten für mich noch nicht erschöpft. Meine Augen glitten staunend und forschend über die seltsame Gestalt des vor mir Stehenden, und nach und nach entdeckten sie an ihr immer wieder etwas neues Merkwürdiges:

Da war der zweite Hut, den der Andres mit einer Sicherheitsnadel an seinen äußersten Mantel gesteckt hatte und vor sich auf dem Bauche trug, da waren die durchgescheuerten Kniestücke seiner Hosen, und da waren die ausgebeutelten Manteltaschen, in denen sich die überflüssigsten Utensilien befanden. Durch die Löcher in ihnen schauten überall Schrauben, Stücke Kordel und Draht sowie Fetzen alten Zeitungspapiers hervor, und da, aus der rechten Tasche guckte sogar der Stiel eines Hammers.

Ich sollte später noch erfahren, daß genau wie an der Kleidung des Andres, so auch in seinem Wesen immer wieder etwas Überraschendes und Verborgenes zu entdecken war.

»So, Junge«, sagte der alte Mann endlich, »nun wirst du mich ja wohl lange genug beguckt haben.« Und im gleichen Augenblick öffnete sich die Tür hinter mir, die Mutter trat auf die Schwelle und rief: »Kommt nur herein, Andres!

Die Fettsuppe ist bald fertig.« Der Andres stieg den Trittstein hinauf, und wenig später hockte ich neben ihm in der warmen Stube auf der Ofenbank und sah ihm zu, wie er seinen Teller Suppe leerlöffelte und ein Stück Kesselfleisch mit Kartoffeln verzehrte. Der Hund lag unter der Bank und nagte an einem Knochen. Am Abend ging dann der alte Mann in unsere Scheune, wo er übernachten wollte, und am anderen Morgen verließ er uns auf genau die gleiche selbstverständliche Weise, wie er gekommen war.
»Oh, Mutter«, sagte ich später, »der Andres sieht aber komisch aus. Was ist das denn eigentlich für einer?«
»Ja, Junge«, antwortete die Mutter, »das ist ein armer alter Mann. Vor fünfzig Jahren ist er noch der hübscheste Bursche gewesen in Hüpstedt, und überall auf den Tanzböden haben sich die Mädchen die Augen nach ihm ausgeguckt. Aber bei der Arbeit auf dem Felde war er nicht zu gebrauchen. Er hat nur immer geträumt und vor sich hingeredet und war ein richtiger Sonderling. Nachher ist er in die Fremde gezogen; aber da hat er kein Glück gehabt. Es hieß wohl, er hätte ein Geschäft angefangen, doch dafür war er nicht der richtige Mann. Er war viel zu gutmütig, um andere Leute ans Zahlen zu erinnern, und so hat er

bald Bankrott gemacht. Dann hat man jahrelang nichts mehr von ihm gehört, und er galt schon als verschollen. Endlich, nach vielen, vielen Jahren, ist er heimgekommen, genauso arm, wie er fortgegangen war. Seine Eltern waren schon lange tot, und andere Verwandte hatte er nicht mehr. So geht er nun auf seine alten Tage von Dorf zu Dorf und bettelt und macht Musik. Und wer ihn noch von früher kennt, der gibt ihm wohl etwas; denn arbeiten kann er ja nicht mehr, seit er die Gicht in den Knochen hat.«

»Zu uns kommt er jedes Jahr zweimal«, fuhr die Mutter fort, »einmal im Sommer, wenn wir das Korn einfahren, und noch einmal im Winter, wenn Schlachtfest ist. Dann bekommt er immer seinen Teller Fettsuppe und sein Stück Kesselfleisch. Dafür hat er anscheinend eine besonders gute Nase. Ich hab's noch nie erlebt, daß er zum Schlachtfest einmal nicht gekommen wäre.«

Dieses Schlachtfest, bei dem ich den Andres zum erstenmal bewußt erlebte, mag etwa in meinem fünften Lebensjahr gelegen haben. Ich sage absichtlich »erlebte«; denn das Erscheinen dieses Mannes war tatsächlich für uns Kinder und besonders für mich, der ich der Kleinste zu Hause war, etwas ganz Unerhörtes und Aufregendes, etwas so Fesselndes, daß davor alle

Wunder aus Grimms Märchen verblaßten. Denn Andres war nicht nur ein gewöhnlicher Landstreicher, wie man ihm alle Tage begegnet. Er stand *über* dem Gewöhnlichen, und nur deshalb lohnt es sich, seine Geschichte zu schreiben. Er war nicht nur arm, wie auch andere Leute arm sind – er war es mit Phantasie und Begabung. Das waren die Eigenschaften, durch die er sich von den Trägen der Landstraße unterschied. Wie sein äußerer Habitus eigenartig und verworren schön war, so war sein Wesen seltsam und von wehmütiger Tiefe; von einer Tiefe jedoch, in der er nicht versank, sondern aus der er noch Trost spenden konnte; durch seine Worte, die er einfach, ja naiv vorbrachte, durch einen Blick seiner ernsten, traurigen Augen und durch seine schlichte, unaufdringliche, so herrlich aufregende Anwesenheit.

Nach diesem ersten Zusammentreffen zwischen dem Andres und mir verging etwa ein halbes Jahr, bis wir uns aufs neue begegneten. Es war im Hochsommer, genau an meinem Geburtstag um die Mittagszeit. Die Sonne schien heiß auf die Straße, die Spatzen zankten sich am Scheunengiebel, und die Hühner lagen in ihren Sandmulden und badeten in dem warmen Lichtglanz. Ich hockte im Schatten der Toreinfahrt und spielte mit einem Wägelchen.

Da kam an der Mauer des Schloßgartens entlang ein seltsames Wesen die Straße herauf. Es war Andres. Sein Gang war wie immer stolprig, und seine Beine trugen ihn nur langsam vorwärts. Daran war die Gicht schuld, die sich bei den vielen Übernachtungen im Freien in seinen Gelenken eingenistet hatte.
Ich sprang sogleich auf und lief ihm entgegen. »Andres!« rief ich, »ich habe Geburtstag heute!«
»So, so«, entgegnete er bedächtig, »dann muß man dir ja wohl etwas schenken.«
Damit kramte er aus der linken Tasche seines untersten Mantels eine Streichholzschachtel hervor, öffnete sie umständlich und entnahm ihr ein Stück Papier, in das ein Pfennig eingewickelt war; den gab er mir und sagte dazu in ernstem, feierlichem Tone: »Ich gratuliere dir auch, Junge. Verwahre den Pfennig gut; er hat's in sich! Es ist ein verzauberter Taler. Bewache ihn und bringe ihn zu seinesgleichen! Eines Tages wirst du's gewahr; dann hat er sich zurückverwandelt in einen Taler.«
Ich dankte dem Andres, nahm also den verzauberten Taler und lief sogleich ins Haus, um ihn der Mutter zu geben. Was mir der alte Mann gesagt hatte, fand ich gar nicht so sehr verwunderlich; wußte ich doch, daß die Mutter uns Kindern für zehn einzelne Pfennige ein Gro-

schenstück gab. Und für dreißig Groschenstücke wiederum bekamen wir vom Vater ein silbernes Dreimarkstück. Das wurde dann verschlossen in dem großen eichenen Schrank, der in der Wohnstube stand, und an Sonn- und Feiertagen konnte man es hervorholen und betrachten und sich an seinem Besitze weiden.

Die nächsten Tage wurden für uns Kinder eine herrliche Zeit. Eine ganze Woche lang blieb der Andres im Dorf, und meine Brüder und ich wichen währenddessen kaum von seiner Seite. Wir begleiteten ihn auf all seinen Gängen und wurden belohnt mit hundert Wundern. Es war zu erstaunlich, was der alte Mann alles konnte: Er konnte Pfeifen und Trompeten schnitzen, mit den Vögeln sprechen, Iltisfallen aufstellen und sogar eine Maus in einen Flaschenkork verwandeln. Er verstand es, sich mit uns zu vertragen; er hatte das Zauberwort getroffen, das unsere Herzen aufschloß.

Aber die Zeit lief weiter. Es vergingen fünf Jahre, meine Brüder und ich hörten auf, Kinder zu sein, und in das Leben des Andres trat das störende, das vom Menschen ausgehende und gewollte Schicksal: Um ihm zu helfen, hat man ihn eines Tages gezwungen, eine feste Bleibe anzunehmen, und hat ihn in ein Haus gesperrt zu »seinesgleichen«. Man hat ihm seine Anzüge genommen, seine Mäntel, seine Hüte, seine Schuhe, seine Ziehharmonika und seinen Hund und hat ihm saubere Kleider dafür gegeben. Man hat ihn gewaschen, hat ihm den Bart abgenommen, hat ihn gehegt und gepflegt, und man hat es dabei womöglich nur gut mit ihm gemeint. Wenige Tage später war Andres tot. »Gestorben an Altersschwäche« hieß es. Ich weiß, woran er gestorben ist: Man hatte ihm sein Persönlichstes genommen: die Freiheit, in der er zu Hause war. Das hat er nicht verwunden. Er war anders als »seinesgleichen«.

Wenn ich heute im Unterdorf neben der Mauer des Schloßgartens stehe, dann scheint alles zu sein wie früher. Das Sonnenlicht fließt über die Dächer, die goldenen Lichtstrahlen rieseln durch die Luft, und über dem Dorf und dem finsteren Grün des Waldes liegt die helle, wolkenlose Bläue des Himmels. Durch die Straße holpert ein Wagen daher, die Milchkannen stehen wie einst auf der Bank an der Mauerecke, die Spatzen tschilpen über mir in der Holunderhecke, fern in den Gärten flötet der Pirol. Dann erwacht die Erinnerung an den Andres in mir. Ich sehe seine Hände, so deutlich wie damals: Die Linke steckt in einem schmutzigen, zerfetzten braunen Lederhandschuh, die Rechte ist knotig, sonnverbrannt und behaart.

Die Bienen summen, und über das lichte Band der Straße segeln die Schwalben. – Horch!

Kommen da nicht schlurfende Schritte die Quergasse herab? Für einen Augenblick stockt mir das Herz. – Andres! – geht es mir durch den Sinn. Gleich wird sein großer Strohhut auftauchen. Ich werde seinen Bart sehen, dessen Spitze er vorn in seinen äußersten Mantel gesteckt hat, etwas, worüber ich mich als Kind immer so unsäglich gewundert habe.
Und dann ist es sekundenlang ganz still um mich her. Nur die Blätter säuseln in dem linden Windhauch, und irgendwo wird ein Tor aufgerollt. – Jetzt muß der Andres vor mir um die Ecke biegen!
Aber nichts dergleichen geschieht. Es raschelt nur plötzlich in den Holunderzweigen über mir, zwei Schafe schieben ihre Köpfe durch das grüne Blattgewirr hinter der Mauer und sehen mir von dem hochgelegenen Schloßgarten herab in die Augen. – Andres ist seit Jahren tot. Wie konnte ich hoffen, ihn wiederzusehen!
Ich war in der Fremde, als die Mutter mir schrieb, daß er gestorben sei. Aber ich hatte nicht geweint damals. Über ein Tier hatte ich Tränen vergossen; doch ich hatte aufgehört, ein Kind zu sein, und nun, da ein Mensch tot war, konnte ich nicht weinen. Ich nahm nur Kenntnis vom Tode des Andres. Es war ein Unrecht, das ich dir tat, Andres!
Ach, daß doch alles wieder auferstünde und

greifbar vor uns wäre wie zur Zeit unserer Kindheit! Die Tränen um ein geschlachtetes Schwein, die Freude über einen verzauberten Taler, die Geschichten des Andres . . .

Vorbei, vorbei.

Verloren jedoch ist keines der Dinge. Alles ist zwar verschollen, aber in veränderter Form lebt es weiter – in unseren Herzen. Unsere Sehnsucht hütet und pflegt die Erinnerung, und auch die Erinnerung ist nur verzaubert. Wir müssen warten, bis sie sich zurückverwandelt, wie der Pfennig in den Taler. Ja, ja, Andres, ich habe deine Lehre verstanden: Wir müssen den Schlüssel finden, der das Tor zum Verborgenen aufschließt, und einen festen Glauben haben. Das äußere Geschehen der Vergangenheit kann freilich nicht wiederkehren, lebendig und greifbar, wie es gewesen ist; doch der Weg zum Glück ist uns deshalb nicht versperrt. Wenn wir nur das Gute wiederfinden, das innerste Wesen all dessen, was uns an Liebenswertem geschah, dann wird unser Leben wieder so friedlich und froh wie zur Zeit unserer Kindheit.

Guter Andres, du gehörst zu den wenigen Gestalten, ohne die mir das Dorf, in dem ich aufwuchs, leer und verlassen erscheint. In der Wirklichkeit kann ich dir nicht mehr begegnen; ich weiß es wohl. Aber in der Vorstellung habe ich noch dein Bild vor Augen. Ich sehe dich noch vor mir, wie ich dich als Kind zum letztenmal sah, bevor ich in die Fremde zog. Du wolltest das Dorf verlassen, und meine Brüder und ich begleiteten dich bis zum Anger. Da gabst du einem jeden von uns eine Walnuß; ich fühle die meine noch in der Hand ... Und dann wandtest du dich um und schrittest mühsam von uns weg, die Gasse hinauf, durch die abendlichen Geräusche des Dorfes. Die Schwalben segelten tief über die Straße, und vor den Häusern waren noch die Stimmen der spielenden Kinder. Die Angelusglocke läutete, die heimkehrenden Wagen holperten über das Pflaster, und über den Dächern lag der letzte Schein der Abendsonne. Du gingst dahin, Andres, auf deinen Stock gestützt, mit kleinen schmerzenden Schritten; aber deine Augen waren groß und offen dabei, und ich weiß nun: Wenn zehn Menschen zu alt und zu hart sind, um das Schöne erleben zu können, so gibt es immer noch einen – der lauscht und träumt und sieht den Schein der Abendsonne auf den Dächern, auch wenn er nur ein Bettler ist.

DAS GEHEIMNIS DER TRUHE

Auf dem obersten Boden meines Elternhauses stand zur Zeit meiner Kindheit eine alte, eichene Truhe. Sie wohnte dort in einem Winkel unter ausgedienten Spulrädern und Getreideschaufeln mit Spinnen und Mäusen zusammen, schlief und träumte vor sich hin und wartete darauf, daß etwas mit ihr geschehen solle. So stand sie seit vielen Jahren einsam zwischen all dem Gerümpel, sah nach den Schwalben, die sich manchmal vor den Scheiben des kleinen Dachfensters über ihr zankten, und die einzigen Besucher, die regelmäßig zu ihr kamen, waren der Mond und die Sonne, die zu bestimmten Zeiten durch das Fensterchen schauten und sie abwechselnd mit ihrem silbernen und goldenen Licht in der Einsamkeit trösteten.

Für die alte Truhe mag es immer ein besonderes Ereignis gewesen sein, wenn von Zeit zu Zeit des Nachmittags plötzlich die Bodenstiege knarrte und wenn dann in dem Dämmerdunkel des Raumes durch Lichtpfeile und rieselnden Staub ein kleiner Junge auf sie zuschritt, der

eine Katze auf dem Arm trug und sich vor ihr auf ein Schemelchen setzte.
Der kleine Junge war ich. Und auch für mich war dieses Zusammentreffen zwischen dem Schrein und mir stets ein besonderes Ereignis, ein Ereignis, das sich tief in meinem Gemüt vollzog und für dessen Erleben ich all meine Spielsachen, ja selbst meinen Malkasten hingegeben hätte; denn die alte Truhe war damals für mich der Inbegriff des Zauberhaften.
Niemand konnte genau sagen, wann sie geschreinert worden war und wer sie zuerst besessen hatte. Meine Eltern wußten nur, daß ein Vorfahr, der vor vielen, vielen Jahren als Weber in die Fremde gezogen war, sie bei seiner Rückkehr nach Hause mitgebracht hatte, und der einzige, der ihren Inhalt kannte, war mein Großvater. Er hatte sie in früheren Jahren von seiner Mutter geerbt, und der Schrein, der schon damals sehr alt gewesen war, war unter seiner Aufsicht sogleich heraufgetragen worden. Als dann mein Großvater starb, erbte mein Vater die Truhe. Aber es änderte sich nichts mit ihr. Nach wie vor wohnte sie auf dem obersten Boden und schien fast vergessen zu sein. Allzugern hätte ich einmal in sie hineingeschaut, um ihren Inhalt zu erkunden; aber mein Großvater hatte das nie erlaubt. Auch war nach seinem Tod auf einmal der Schlüssel nicht mehr zu fin-

den gewesen. Mein Vater schien keine Veranlassung zu haben, den schweren Kasten zu öffnen, und wenn ich ihn fragte, was denn in ihm eingesperrt sei, so sprach er von »Erinnerungsstücken«.

Ich war zu der Zeit noch klein und unerfahren und wußte nicht, was seine Worte so recht bedeuteten. Es dünkte mich jedoch, daß ein Erinnerungsstück etwas sehr Kostbares und ein großer Schatz sei, und ich begriff nun freilich, daß es mit der alten Truhe eine eigenartige Bewandtnis hatte. Sie schien mir die geheimnisumwobenen Schätze von Jahrhunderten zu bergen. Aber sie war auch wie ein verschlossenes Heiligtum, und so war es mir denn nur vergönnt, sie von außen zu betrachten und mit Ehrfurcht zu bestaunen.

Ich mag damals ungefähr acht Jahre alt gewesen sein, und der große Schrein reichte mir fast bis zu dem obersten Knopf meines Jöppleins. Er maß etwa fünf Fuß in der Länge und drei Fuß in der Breite und war so geräumig, daß ich, wenn man den Deckel hinaufgeklappt hätte, wie in einem Bett in ihm hätte schlafen können.

Der Deckel selbst beanspruchte fast ein Viertel der Gesamthöhe der Truhe. Er war stark gewölbt und lag so dicht auf dem Kasten auf, daß man nicht einmal ein Blatt Papier hätte durch

den schmalen Spalt schieben können, der zwischen ihm und dem unteren Teil der Truhe gerade noch zu erkennen war. Auf der Rückseite des Schreines war er mit zwei kunstvoll geschmiedeten Scharnieren an dem Truhenkörper befestigt, während ihn auf der Mitte der Vorderseite das Schloß mit diesem verband.
Scharniere und Schloß waren mit der Hand aus Eisen geschmiedet und an ihren Rändern durch eine Reihe starker Nieten in dem Holz von Dekkel und Kasten verankert.
Ebenso waren die handbreiten kupfernen Bänder angebracht, von denen je zwei die beiden Seitenwände schützten, während drei weitere die Wölbung des Deckels umspannten.
Sowohl diese Bänder als auch die Beschläge an den Ecken und Kanten waren durchbrochen und zu einem kunstvollen Gitterwerk gestaltet, in dem immer wieder die verschlungenen Buchstabenornamente J.H.S., K.B.M. und M.A.R.I.A. zu finden waren. Alle Eisenteile hatten im Laufe der Zeit ihren schimmernden Glanz verloren und blinkten matt und geheimnisvoll wie die Griffe und Knöpfe an den Schragen in der Sakristei. Die Kupferbänder verbargen ihr goldenes Rot unter einem unansehnlichen, fast schwarzen Belag. Aber wenn ich mit einem Nagel rasch über ihr dunkelgraues Gewand hinwegkratzte, so bildete sich ein glü-

hendroter Faden in ihm, der flink wie ein zukkender Blitz über das Gitterwerk huschte und dessen glänzende Spur danach noch mehrere Tage lang zu sehen war.
An den Stellen, wo die Scharniere und Beschläge das Holz unbedeckt ließen, war die Truhe auf dem Deckel, auf der Rückwand und auf den Seitenwänden mit einem rotbraunen Anstrich versehen. Dieser Anstrich war in all den Jahrzehnten, die seit seiner Auftragung verflossen waren, stark nachgedunkelt und da, wo zwei Bohlen zusammenstießen, kaum merklich abgeplatzt. So waren feine Rillen in ihm entstanden, und man konnte genau erkennen, wo der Schreiner die einzelnen Holzteile zusammengesetzt hatte.
Im Gegensatz zu allen anderen Seiten war die Vorderseite der Truhe nicht gestrichen, sondern mit einer Schnitzerei versehen. In dem samtenen Dämmerlicht, das den Bodenraum erhellte, mußte man ganz nahe hinzutreten, um sie überhaupt erkennen zu können: die Stadt Köln mit den Domtürmen, den vielen Kirchen, den großen Brücken, den Erkern und Zinnen der alten Tortürme, alles bis ins kleinste liebevoll von einem alten Handwerksmeister in das Holz geschnitten.
Das Holz war grau und staubig geworden und ausgetrocknet, und in manchen der winzigen

Hausgiebel klaffte ein breiter Riß. Dafür aber schien auf den Dächern der Kirchen und in dem Gestrebe der Domtürme ein zarter Hauch von goldener Farbe haftengeblieben zu sein, ein Hauch, unwirklich und ungreifbar wie ein Schatten oder eine Erinnerung.

Die ganze Last der Truhe mit den schweren Bohlen, der Schnitzerei und den Eisen- und Kupferbeschlägen ruhte auf vier hölzernen Füßen, die jedoch nicht unmittelbar unter den Ekken des Kastens standen, sondern ein wenig zur Mitte des dicken Bodenbrettes hin verschoben waren. Sie waren breit und flach und von dem Gewicht, das jahrhundertelang auf ihnen gelastet hatte, schier zusammengepreßt.

All diese äußeren Beschreibungen aber würden das eigentliche Wesen der Truhe verfehlen, wenn ich nicht auf den seltsamen und ganz wunderbaren Zauber zu sprechen käme, der seit Jahrhunderten in dem alten Schrein ruhte. Dieser Zauber nämlich war es, der das wirkliche Wesen der Truhe bestimmte, weil er seinen Ursprung in der Tiefe ihres eigenen Schoßes hatte. Still und verborgen lag er zumeist in ihrem Innern, konnte aber in seltenen Stunden stark und mächtig durch das Holz hindurchstrahlen und mich ganz in seinen Bann ziehen. Dann saß ich zu Füßen der Truhe auf meinem Schemelchen und betrachtete wieder und wie-

der die Schnitzerei, während die Katze auf einem Balken vor dem kleinen Fenster hockte und nach den Fliegen haschte.
Der letzte Abendschein brach durch die Scheiben, und die Gassen schwiegen. Der Wind trug die heiseren Schreie der Vögel in den Raum, das Piepsen der Mäuse in den Ritzen der Bodendielen war zu hören, und da, vor mir auf der Truhenwand, lag Köln, das herrliche Köln, von dem meine Eltern soviel erzählten und das ich so gern einmal selbst erlebt hätte. Da reckten die Häuser der Altstadt ihre schmalen Giebel, da spannten sich die Brücken über den Rhein – und da! die Linie des Wassers begann sich zu bewegen. Der Zauberbann, in dem jahrhundertelang alles geschlafen hatte, wurde gelöst. Der Qualm stieg aus den Schornsteinen der Häuser in den Himmel, die Domglocken läuteten, und der Rhein erwachte aus seinem Schlaf und fing an zu rauschen. Und urplötzlich weiteten sich die Grenzen. Die nur wenig vertiefte Fläche der Schnitzerei dehnte und dehnte sich weiter nach innen und ward zum tiefen Raum, in den ich mit unwiderstehlicher Gewalt hineingezogen wurde. Die Geräusche hinter mir verstummten, die Fesseln fielen ab, und mir war, als ob sich mit einem Mal ein weites goldenes Tor vor mir auftäte, der Eingang zu einem unendlich friedlichen Land. Und ich

lebte ganz in der Welt meiner Phantasie und trank und trank das wunderbare, nie so stark empfundene Erleben des Seltsamen und Geheimnisvollen in mich hinein.
Aber wenn danach die Dunkelheit wie ein großes, unheimliches Tier durch einen versteckten Eingang in den Raum gekrochen war und sich anschickte, in ihm zu übernachten, wenn der silberne Mond über mir durch das Fensterchen schaute und das Keifen der Holzwürmer zu hören war, dann war ich im tiefsten Innern doch unbefriedigt geblieben, und ich litt unter einer unbeschreiblichen Sehnsucht, die, mir selbst unerklärlich, aus meinem Innern emporstieg und stets in dem Wunsch mündete, das Geheimnis der Truhe ergründen zu können. Und diese Sehnsucht konnte so machtvoll in mir drängen, daß mir manchmal die Tränen die Wangen hinabrollten.
Jahre später ist mir mein Wunsch in Erfüllung gegangen. Ich war aus der Fremde zurückgekehrt, hatte Köln gesehen und fand nun beim Umräumen in der Schublade des alten Wohnstubentisches den Schlüssel zu der Truhe meiner Kindheit und mit ihm den Eingang zu ihrem eigentlichen Wesen.
Ich erlebte Wunderbares bei diesem Wiedersehen: die alte Truhe stand auf dem obersten Boden unberührt, wie ich sie als Kind verlassen

hatte; nur der Staub der Jahre hatte sich als ein lockeres graues Tuch auf ihren Deckel gelegt und hing in großen Flocken in den Vertiefungen der Schnitzerei. Zuerst stieß ich die Flügel des dem Schrein gegenüberliegenden Erkerfensters auf, und nun, da die matten Scheiben dem Licht nicht mehr den Eingang verwehrten, drang ein leuchtendes Bündel Sonnenstrahlen in den Raum, bis in das entfernteste Eckchen alles mit seinem Glanz vergoldend. Und seht, als ich danach den Schlüssel in dem gehämmerten Schloß herumdrehte, da sprang der schwere Deckel fast von selbst auf.
Im obersten Fach der Truhe lag zwischen den von Holzwürmern zerfressenen Wänden nichts als ein Stoß alter Briefe. Die Briefe gehörten meiner Mutter. Mein Vater hatte sie ihr einst in der Zeit ihrer Verlobung geschrieben. Das war der erste Schatz, den die Truhe barg.
Das Fach darunter war in kleinere Fächer aufgeteilt, in denen die verschiedenartigsten Gegenstände lagen, unter Staub und zwischen Getreidekörnern, die weiß Gott wie, da hineingeraten waren. Alle waren sie gleichmäßig mit Holzwurmmehl überstreut. Da lagen der aus einer Schweinsblase hergestellte Tabaksbeutel meines Vaters und die Pfeife meines Urgroßvaters mit dem zerbissenen Mundstück, den Quasten daran und dem in Silber eingefaßten Kopf, da

ruhte sich ein alter Säbel aus dem Jahre 70/71 von den Schlachten aus, bei denen er dabeigewesen sein mochte, da waren auch die Brille meiner Urgroßmutter und ein kleiner Schleifstein, wie ihn die Frauen früher zum Schärfen der Nähnadeln benutzten, ferner ein Streubüchschen mit feinem, weißem Sand und endlich eine Anzahl von Heiligenbildchen mit goldenen Rändern.

Das nächste Fach enthielt nichts außer ein paar Gänsekielen und Nägeln. Doch unter ihm, in der letzten Tiefe des Schreins, fand ich ein stählernes Kästchen. Ich ahnte, was darin war: die Münzensammlung meines Großvaters. Ich erinnerte mich noch, wie er sie uns an langen Winterabenden oft gezeigt hatte, wenn wir in der Wohnstube um den großen Eichentisch versammelt waren, und wie er von jedem einzelnen Geldstück eine Geschichte hatte erzählen können, wer es vor ihm besessen und auf welche Weise er es erstanden ...

Das stählerne Kästchen stand neben einem in Leder gebundenen Buch. Ich hob das Buch herauf und schlug es auf. Das Papier war schon stark vergilbt, und zwischen den einzelnen Blättern lag eine dünne Schicht feinen Staubes. Auf der Titelseite stand in großen schwarzen Lettern:

DER JUGENDFREUND
Ein Lesebuch
für die oberen Klassen und Abtheilungen
der Volksschulen
Heiligenstadt.
Druck und Verlag von Franz. W. Cordier.

Das Jahr der Ausgabe war 1859. Auf der Innenseite des vorderen Einbanddeckels fand ich einen verblaßten, mit Tinte geschriebenen Namenszug: Maria Elisabeth Rabe. Das Buch mußte meiner Großmutter gehört haben.
In diesem Augenblick erkannte ich den tiefen Wert der Truhe: Sie war eine Familienchronik. Jeder meiner Ahnen hatte einen Gegenstand aus seinem persönlichen Besitz in ihr verborgen und mit ihm ein Stück seines eigenen Ichs in sie hineingelegt. Ein jedes der Dinge atmete ein eigenartiges, selbständiges Leben und den Geist, die Gegenwart seines früheren Besitzers, der es in der Hand gehalten und dessen Puls es gefühlt hatte. Diese Tatsache und die unmittelbare Nähe des Geschehens überwältigten mich. Ich sah auf einmal die gütigen Gesichter meiner Großeltern vor mir und hinter ihnen eine Unzahl fremder und doch verwandter Gesichter, die mit jenen eine auffallende Ähnlichkeit hatten und die ich doch nie vorher erblickt hatte. Und sie alle neigten sich erst über die Truhe

und sahen mich dann an. Und in diesem Augenblick, da ihr Atem über das Holz des Schreines hinging, war eine strahlende Helle um sie her, die Helle, aus der wir alle geboren sind. Endlich verblaßte sie; die Gesichter traten zurück und entschwanden, ich blickte mich um, sah durch das Fenster, wie die Dämmerung über den Dächern lag, sah die Truhe, das Buch in meiner Hand – ich hatte geträumt. Aber ich wußte, es war ein guter Traum gewesen. Die strahlende Helle, die ich gesehen, wohnte aber hinter demselben goldenen Tor, das ich als Kind beim Betrachten der Schnitzerei erblickt hatte.

Ich stand ganz ruhig da. Ein Gefühl tiefen Friedens war über mich gekommen. Das Sehnen meiner Kindheit war gestillt und dem klaren, wohltuenden Bewußtsein gewichen, daß zwischen der Truhe, die sich mir ganz erschlossen hatte, und meinem Herzen, das ihr Geheimnis so begierig in sich aufgenommen hatte, eine beglückende innere Verbindung bestand. Und still zog ich die silberne Uhr aus der Tasche, die ich als Erbstück von meinem Vater erhalten hatte, und legte sie in den Schoß der Truhe zu den stummen, beredten Beweisen des Bleibenden im Gewand des Vergänglichen.

Kaum merklich war die Dunkelheit in den Raum geschlichen. Ein silberner Schein umspielte die Balken und ließ die Umrisse der Schnitzerei an dem alten Schrein in sanftem Licht erstrahlen. Ich trat an das Erkerfenster und sah in die kleine Gasse hinab. Der Mond schien, die Giebel der Fachwerkhäuser warfen ihre schwarzen Schattentücher über die Straße, und alles war still; nur das Murmeln des Baches hinter dem Haus war zu hören, die Baumwipfel über der Mauer des Schloßgartens rauschten sacht, und der Wind trug den Klang der Stundenglocke über die Dächer, die eben vom Kirchturm her neun schlug. Hinter mir aber lagen die Dinge meiner Vorfahren so sicher und geborgen in den Fächern der Truhe, wie die Liebe zu ihnen in meinem Herzen ruhte.

DER TOD EINES GERECHTEN

In diesem Jahr ist mein Großvater gestorben.

Mein Vater, meine Mutter, meine Brüder und ich, wir haben ihn immer geachtet und geliebt und nichts getan, ohne ihn vorher um seine Meinung zu befragen; und jedermann im Dorf hat ihn gern gehabt und ist ihm mit Ehrfurcht und Vertrauen begegnet. Die Nachbarn kamen auch immer und fragten ihn um Rat, und er dachte nach und sagte ihnen, was er für gut und richtig hielt. Er war auch immer heiter und hatte helle Augen. Oft, wenn er aus dem Fenster sah, redete er die Kinder an, die auf der Straße spielten, und sprach sehr ernsthaft mit ihnen: etwa über die Krankheit eines kleinen hölzernen Pferdes, das seit einigen Tagen nicht fressen wollte, oder darüber, wie man es auf die beste Weise anstellt, den Hund vor den Handkarren zu spannen. Er konnte aber auch, wenn er ein Unrecht sah, sehr zornig werden. Dann redete er mit aller Kraft dagegen – zuweilen so heftig und erregt, daß er ganz weiß wurde im Gesicht –, und niemand wagte es, ihm zu widersprechen. Er wollte immer, daß je-

dermann gerecht sei, und von sich wollte er es zuerst. Darum vertrauten ihm die Leute, und wenn wo ein Streit war im Dorf, so kamen sie und holten ihn, daß er ihn schlichte.
Ein Unrecht ist der Anlaß zu seinem Tod gewesen:
Den Tag nach Ostern kamen Leute, die arm und eng in einem kleinen Haus in der Kirchgasse wohnten, und klagten ihm, daß man ihnen zu Unrecht ihren letzten Besitz, ihr Haus, nehmen wolle. Ein reicher Nachbar hatte ihnen seit vielen Jahren jeden Morgen Milch und Eier gebracht und immer gesagt: »Ihr braucht nichts zu bezahlen. Ihr könnt es mir später einmal gutmachen.« Eines Tages aber hatte er dann gefordert, sie sollten ihm ein Stück Land als Bezahlung geben. Sie hatten es hingegeben, und da sie von jenem weiterhin Speise angenommen, waren sie aufs neue in Schulden geraten, und wieder hatten sie, um die Schulden abzutragen, jenem ein Stück Land überlassen müssen. Dieser Vorgang hatte sich mehrmals wiederholt. Stück für Stück ihres ohnehin schon geringen Besitzes hatten sie verloren, der letzte Morgen Land, eine kleine Wiese, war endlich dahingegeben, und noch immer mußte eine große Schuld getilgt werden. Da nun die Leute weder Geld noch Land mehr besaßen, hatte ihr Gläubiger verlangt, sie sollten ihm ihr Haus ge-

ben; und da jene sich geweigert, hatte er sie verklagt und gegen jene Hilflosen, die sich nicht zu wehren gewußt, leichtes Spiel gehabt: Das Recht war ihm zugesprochen. Nun sollte am Nachmittag die Enteignung und zugleich die Versteigerung des Hauses sein, damit der Gläubiger von dem Erlös zufriedengestellt werden konnte. So hatte jener Reiche diese Familie unter dem Deckmantel der Wohltätigkeit im Laufe der Jahre um ihr ganzes Vermögen gebracht.

Meinem Großvater wich das Blut aus den Wangen, als er dies hörte. Er schalt die Leute aus, daß sie aus falscher Scham sich niemandem anvertraut und ihn nicht gleich am Anfang um Beistand gebeten hatten und daß sie nun erst in letzter Minute kamen, da die Sache schon fast hoffnungslos schien. Doch versprach er ihnen zu helfen, soweit er es jetzt noch könne. Er ging hinauf auf den Boden, besprach sich kurz mit meinem Vater, kam wieder herunter und sagte noch einige Worte zu uns andern, die wir in der Wohnstube beisammen waren, und ging dann mit den Leuten ins Oberdorf in die Schenke, wo im Saal die Versteigerung sein sollte. Als sie dort die Treppe hinaufgingen, hatte sich im Saal bereits eine große Menge Neugieriger versammelt, und der große Raum war fast gedrängt voll Menschen. Dann begann die Versteigerung, und es kamen die ersten Gebote. Unter den Bietenden war auch jener Reiche, dem die Besitzer des Hauses verschuldet waren. Er machte das letzte und höchste Gebot, und eben wollte der Auktionator ihm das Haus zuschlagen – da trat mein Großvater aus dem Kreis der Umstehenden und sagte mit nicht sehr lauter, aber deutlich vernehmbarer und sehr fester Stimme: »Du *hast* nicht zuzuschlagen!« Er war dabei sehr weiß im Gesicht und umkrampfte mit den Händen den Saum seiner Jacke. Sein Anblick und der Klang seiner Stimme ließen die Umstehenden vor ihm zurücktreten. Der Aktionator zögerte und legte den Hammer beiseite. In die Stille hinein, die nun eintrat, sprach mein Großvater und erzählte den Anwesenden, was der Versteigerung vorausgegangen war: wie jene Familie in ihrer Not, auf die Güte ihres Nachbarn vertrauend, dessen Gaben angenommen und dieser in seiner Habgier die Not der Armen so schmählich ausgenutzt habe, um sich an ihrem kleinen Besitz noch weiter zu bereichern. Es erhob sich nun einen große Unruhe im Saal, die sich gegen den Gläubiger richtete und in deren Verlauf jener unter Schimpf- und Schmähworten hinausgedrängt wurde. Mein Großvater stand beiseite bei einigen Nachbarn, von denen einer zu ihm sagte: »Na, Vetter Georg, den habt Ihr aber erzogen!« In diesem Augenblick bemerkten einige, wie mein Großvater ganz grau im Gesicht wurde. Er wandte sich auch sogleich von jenen weg und ging gegen die Treppe hin, die zur Straße hinunterführt. Er stand sekundenlang an ihrem oberen Ende, schwer auf das Geländer gestützt, dann ließ er das Geländer los und ging gerade und aufrecht mit festen Schritten die Treppe hinunter. Von der untersten Stufe stürzte er schwer zu Boden und stand nicht wieder auf. Die andern versuchten ihn aufzurichten, er war aber nicht bei Besinnung. Sie trugen ihn nach links in den Schankraum und betteten ihn auf zwei Decken, die man in der Eile zur Hand hatte. Einige kamen nach, scherzend, sprachen ihn an und sagten: »Aber Vetter Georg, macht doch keine Geschichten!« Aber er gab keine Antwort. Da sahen sie, daß er sterben mußte, und sie wurden still. Sie trugen ihn auf den Decken hinaus, über die Pferdegasse, am Brückengraben entlang zu uns nach Hause. Da er ein sehr großer und schwerer Mann war, trugen sie ihn zu viert. Die Nachbarn kamen aus ihren Häusern und schlossen sich ihnen an. Auch die Kinder von Vetter Heinrich gingen mit; sie waren ganz still und hatten sich an den Händen gefaßt. Unten in der Eckstube, in der auch sein Webstuhl stand, legten die Männer den Großvater auf sein Bett. Er

lag da mit schlaffen Armen, hatte die Augen geschlossen und atmete schwer. Bruder Konrad lief hinaus, um den Pfarrer zu holen. Wir zündeten die Sterbekerze an, dann kam der Pfarrer, spendete dem Großvater die letzte Ölung, sagte noch ein paar tröstende Worte zu uns und ging. Wir knieten ringsum in der Stube und beteten, wir sahen den Großvater da liegen, er war so nahe bei uns, und wir sahen doch, daß er nun von uns weggehen würde. Da wußte ich mir keinen Rat, ich ging auf den Boden, holte mein Zeichenbuch und einen Stift, ging wieder nach unten in die Eckstube und zeichnete meinen Großvater, wie er da lag und immer schwerer atmete. So verging eine Zeit, die Sterbekerze brannte hernieder, und immer hörten wir die Stimmen der Leute, die sich auf der Straße unter unserm Fenster versammelt hatten und über den Großvater und sein Unglück sprachen. Es wurde nun ganz dunkel in der Stube. Wir knieten da, sahen, wie unser Großvater von uns ging, und konnten ihm kein Wort mehr zurufen, er gehörte schon nicht mehr zu uns.
Nun ist mein Großvater tot. Ich halte sein Bild in den Händen und betrachte es und sehe sein Gesicht vor mir, das ich gezeichnet habe, als schon die Schatten darüber hinliefen . . . Dies war mein Großvater . . . Er wollte immer, daß jedermann gerecht sei.

ABENTEUER AUF DEM KIRCHBODEN

Die hellen Sonntage voll Andacht, Ruhe und Zeit!

Am Morgen das Dorf mit Dächern und Gärten im Sonnenglanz, freundlicher Zuruf von Base Kathrin über die Straße her, meine Brüder und ich in sauber gebürsteten schwarzen Anzügen mit frisch gewaschenen weißen Krägelchen auf dem Weg zur Kirche, die Sandgasse hinauf – da steht sie, die Kirche, blitzend und weiß, blendend mit allen Mauern, vor dem schwarzgrünen Band des Waldes, unter dem strahlenden, tiefblauen Himmel.

Hinter dem Turm tritt aus dem Kirchdach ein kleiner Erker hervor; mit spitzem Giebel und hölzerner Tür. – Wohin mag sie führen, die Tür? Wie kann man zu ihr gelangen? Selbst von der nächstgelegenen Turmluke aus ist sie ohne Leiter nicht zu erreichen. Sie hat auch kein Schloß, offenbar ist sie vernagelt. Aus ihrer Höhe herab sieht sie mich grau und geheimnisvoll an, eigentümlich fern und vergessen, seit Jahren mag niemand durch sie hindurchgegangen sein. Seltsame, aufregende Gedanken bewegen mich . . .

Am nächsten Tag nach dem Mittagessen gehe ich ungesehen in den Geräteschuppen, stehe inmitten der staubdurchflimmerten Lichtbänder – es riecht nach Öl und Wagenschmiere – und lausche nach draußen: die Mutter ist in der Küche beschäftigt, von Konrad und Franz, meinen Brüdern, ist nichts zu hören. – Nun rasch! Da ist der Werkzeugkasten meines Vaters. Eine Zange und ein Meißel verschwinden in meinen Hosentaschen. Barfuß – so hört mich niemand – laufe ich über den Hof, zum Tor hinaus auf die Straße, schleiche gebückt unter unserm Küchenfenster hinweg und laufe zum Anger. Unter meinen Füßen hebt sich der Staub der Straße zu kleinen Wolken auf, von irgendwoher – seltsam laut in der Mittagsstille – schallt das Klappern einer Kanne, überall in den Häusern und Höfen herrscht Ruhe, Ruhe von der Arbeit. – Da! Bei Schusterbernhard steht das Tor offen! Der Hof ist leer, kein Mensch zu sehen, aus dem offenen Fenster der Wohnstube schallt Löffelgeklapper und Schlürfen – sie sitzen beim Essen. Und da, vor dem Hühnerstall, auf dem Hof – eine Leiter! Nicht zu lang, nicht zu schwer, ich werde sie tragen können. Glühend heiß das Pflaster unter meinen Füßen, geduckt unter dem Fenster hinweg, um die Schuppenecke – der Hund! Blinzelt mich an, den Kopf auf die Pfoten gelegt, wedelt, kennt mich. Die Leiter drückt auf der Schulter, meine Fußsohlen brennen auf den von der Sonne durchglühten Steinen, nun denselben Weg zurück! Jetzt sprechen sie drinnen das Tischgebet – da ist schon die Straße! Und im Laufschritt, die Leiter auf dem Rücken, die menschenleere Gasse hinauf, zur Kirche.

Niemand begegnet mir. Ungesehen komme ich über den Kirchhof, in die Kirche hinein, nun bin ich im Turm. Plötzliche Kühle, ruhige, ein wenig feuchte Luft, lautlose Stille. Ich lehne die Leiter an die Wand und wische mir mit dem Handrücken den Schweiß von der Stirn. Horch, wie mein Herz klopft! Nun mit der Leiter die Wendeltreppe hinauf! Alle zwanzig Stufen komme ich an einem Fensterchen vorbei. Jetzt bin ich so hoch wie das Haus des Kleinen Raaben, jetzt so hoch wie das Pfarrhaus, jetzt bin ich schon über den Wipfeln der Linden, der Grabstein von Pfarrer von Aaken ist ein winziges Klötzchen, die Sandgasse ein schmales weißes Band. Da ist der Boden unter dem Glockenstuhl, höher hinauf geht es nicht. Die Treppe ist zu Ende, über mir nur schwarzes, verstaubtes Gebälk, darin gähnen die schwarzgrünen Glokkenschlünde, reglos hängen die Seile durch Löcher im Boden hinab in die Tiefe. Nun habe ich die Luke gefunden, die dem grauen Türchen im Kirchdach gegenüberliegt. Ich blicke hinaus, die Entfernung ist kleiner, als ich gedacht habe. Ich schiebe die Leiter durch die Luke, weiter, noch weiter, so, bis sie auf dem Kirchdach genau unter der Tür fest auf den Ziegeln liegt. Ich klettere hinterher und krieche auf der Leiter wie auf einer Brücke hinüber zu dem kleinen Erker. Vor der Tür setze ich mich auf eine Sprosse und blicke umher. Ein sanfter Lufthauch umweht mich, die Dachpfannen glühen in dem grellen Sonnenlicht, stoße ich mit einer Zehe dagegen, so spüre ich, wie heiß sie sind. Über mir am Turmgiebel flattern erschrocken die Vögel umher. Als ich die Leiter angesetzt habe, sind sie aufgescheucht worden. Unter mir, da, wo meine Füßen baumeln, läuft die Rinne des Kirchdachs dahin. Strohhalme und Federchen liegen darin, wohl von den Vögeln gebracht. Hier und da wächst aus einer Mauerritze ein Pflänzchen. Blicke ich tiefer, über die Häuser hin, so kann ich bei Wolfs August in den Hof sehen. Zamperlene steht am Brunnen und wäscht die Milchkannen aus. Unten auf der Sandgasse fährt jetzt Franz Hesses Vater vorbei; er hat den Schimmel angespannt, der Franz in den Arm gebissen hat. Jetzt fährt er am Vorwerk um die Ecke, das Kirchdach schiebt sich dazwischen, gleich, an der Tränke, wird er wieder zum Vorschein kommen. Zamperlene ist jetzt fertig mit den Milchkannen und geht

ins Haus. Bei Joseph Stolze wird gewebt. Das Klappern schallt über die Dächer her, ich kann es genau hören: die weben an zwei Stühlen. Überall liegt das Sonnenlicht auf den Dächern, in den Höfen und in den Gärten und weiter fort auf den Feldern, der Himmel ist klar wie Glas und schimmert in der Ferne, wo die Ohmberge sind, in zarten graublauen Farben. Es gefällt mir hier oben. Ich kann alles beobachten und werde doch selbst nicht gesehen, die Leute auf der Straße sind winzig klein – wenn sie wüßten, daß ich hier oben bin, sie brauchten nur einmal den Kopf zu heben, so sähen sie mich. Aber sie denken nicht daran! Die haben ganz andere Sachen im Kopf.
Mit einemmal kommt ein Windstoß und weht mir aus der Dachrinne Sandkörner ins Gesicht. Ich will mich doch beeilen, die Tür zu öffnen. Ich schiebe den Meißel unter die Bretter, hebe und drücke, lockere sie, ziehe mit der Zange die Nägel aus dem Holz, schließlich, da sie auf einer Seite in Angeln hängt, läßt die Tür sich öffnen. Kreischend schwingt sie herum, und schon stehe ich auf dem Kirchboden, in dem hohen Speicherraum über dem Gewölbe des Kirchenschiffs. Hier ist es warm und still. Der Lärm der Vögel draußen ist leiser geworden, Sonnenstrahlen fallen durch die Ritzen zwischen den Dachpfannen herein, ein dumpfiger

Geruch nach Moder steht in dem langen Raum, im Dämmerlicht in den Winkeln liegen uralte, vom Holzwurm zernagte Heiligenfiguren, fast unkenntlich vor Staub und Spinnweben. Auf dem First höre ich die Tauben gurren, ab und zu flattert eine von ihnen auf und setzt sich nach ein paar Flügelschlägen wieder nieder. – Da fällt mein Blick auf ein großes Gewicht, das in einiger Entfernung in der Mitte des Raumes an einem starken Eisendraht hängt. Was mag das sein? Wie ich näherkomme, sehe ich, daß der Draht oben unter dem Firstbalken über eine Rolle läuft und mit seinem anderen Ende durch ein Loch im Fußboden verschwindet. Ob es wohl schwer ist, das Gewicht? Ich hebe es an – nein, es ist nicht schwer, obwohl es doch aus Eisen zu sein scheint. Ich hebe noch ein wenig, da fährt es fast von selbst in die Höhe, entgleitet meinen Händen, fährt geschwind nach oben, bis unter die Rolle – und im gleichen Augenblick unten in der Kirche ein Krachen, ein Klirren, daß die Balken um mich her erzittern. Und schon kommt das Gewicht wieder herab und schlägt vor mir auf den Boden, mit einem Bums, der eine Wolke von Staub aufwirbelt. – Stille. – Ich stehe entsetzt, wage nicht, mich zu rühren – was habe ich angerichtet? Da faßt mich die Angst. Ich mache kehrt, laufe zur Tür hin, krieche über die Leiter hinüber zum Turm, klettere durch die Luke, lasse die Leiter liegen, lasse die Tür, wie sie ist, laufe die Wendeltreppe hinab, werfe kaum einen Blick in die Kirche – ich sehe, da liegt der große Kronleuchter, in tausend Stücke zerschlagen –, und schon bin ich zur Tür hinaus, über den Kirchhof, durch die Totengasse und zwischen den Gärten hindurch ins Feld entkommen. Niemand ist in der Kirche gewesen, niemand hat mich gesehen. Und auf Umwegen und mit klopfendem Herzen komme ich nach Hause.

In der Schule, die Tage darauf, folgt Verhör auf Verhör, ohne Ergebnis. Jedermann redet von dem Vorfall, man hat oben am Turm die Leiter gefunden, aber niemand weiß, wie sie dort hinkommt, niemand weiß, wem sie gehört, denn Schusterbernhard schweigt, um seinen Sohn August nicht in Verdacht zu bringen, und ich – ich schweige auch. Das ganze Geschehen bleibt in tiefstes Dunkel gehüllt; die Tage, die Wochen und schließlich die Jahre vergehen, die Sonne bringt's nicht an den Tag, nein, sie tut's nicht, die Sonne, und schließlich, da niemand mehr fragt, ist alles vergessen. Dir aber, weil du nicht geforscht hast, habe ich nun alles erzählt, und wenn du meinst, ich hätte noch Strafe verdient, so magst du hingehen und mich verraten.

DAS VERLORENE ERBE

Im Sommer bin ich in meinem Heimatdorf gewesen. Ich habe in der Stube des Pfarrhauses gesessen und in alten Schriften geblättert, in denen die Namen meiner Vorfahren standen, und das Suchen nach Daten sollte mehr für mich bedeuten als eine angenehme, müßige Beschäftigung. Die Stube war groß und niedrig, die Sonne schien herein, die Holunderzweige nickten vor den Fenstern, auf dem Tisch lagen Auszüge aus Geburts- und Taufregistern und die Kirchenchronik, und da war ein altes, gutes Gesicht mit leuchtenden Augen vor mir, das Gesicht des alten Pfarrers.

»... Es ist gut«, sagte der alte Mann zu mir, »daß wir uns nach unserer Heimat zurücksehnen. Mir selbst ist es nicht anders ergangen als Ihnen. Ich bin ja auch hier im Dorf geboren, war lange in der Fremde und bin doch endlich in die Heimat zurückgekehrt. Und so ist wohl unser aller Streben nicht so sehr ein Streben nach Fremdem oder Neuem als vielmehr ein Streben zurück zu unserm Ursprung; denn wie könnte es sonst geschehen, daß wir Heimweh haben!«

»Aber dessen dürfen wir uns nicht schämen«, fuhr er fort. »Wir haben ja ein lohnendes Ziel vor Augen. Heimat, das ist die Stimme der Mutter, die uns als Kinder von der Straße hereinrief, das ist das Haus, in dem wir aufgewachsen sind, die alte Kirche, die unsere Vorfahren gebaut haben, das Dorf, in dem unsere Eltern und Urgroßeltern gelebt haben, das ist alles, was uns wert und lieb ist. Überall begegnen uns die Spuren unserer Ahnen. Wir stehen davor, es wird uns so eigen ums Herz, und wir möchten wohl hundert oder noch mehr Jahre eher gelebt haben, um bei der Errichtung all des Schönen mit dabeigewesen zu sein. Aber wir müssen nun unsere eigenen Werke tun und können den Nachlaß unserer Vorfahren nur noch verwalten und mehren. Da ist dann die Familienforschung ein schönes Mittel, all das Wertvolle, das erhalten geblieben ist, zu sammeln und zu bewahren. Ich kann mir nichts Gemütvolleres denken als die Beschäftigung mit der Geschichte unserer Vorfahren. Wie schön ist es, wenn die Eltern den Kindern vom Großvater und von der Großmutter erzählen oder sogar von den Urgroßeltern. Auch das ist Familienforschung; und wahrhaftig nicht die schlechteste.«

»Ich selbst erinnere mich noch deutlich an das, was mir meine Mutter über ihren Großvater erzählt hat«, sagte ich. »Er muß ein lustiger Mann gewesen sein, der Vetter Martin.«

»Das war er«, antwortete der alte Pfarrer. »Ich habe ihn noch gut gekannt, Ihren Urgroßvater. Ich war noch klein damals und ging noch nicht zur Schule. Wir Kinder liefen immer zu ihm, wenn wir auf der Straße spielten und er aus dem Fenster sah. Er konnte abscheuliche Grimassen schneiden. Das hat immer großen Eindruck auf mich gemacht. Er hatte das heitere Wesen von seiner Mutter geerbt. Sein Vater muß sehr ernst gewesen sein; er soll den Spitznamen ›Der Sterngucker‹ getragen haben und war wohl sehr melancholisch und träumerisch veranlagt. Einmal, als er früh in der Dämmerung aufgestanden war, um hinterm Köhlerholz oben seine Wiese zu mähen, soll es ihm begegnet sein, daß er eine Stunde weit ging, bis er dann, fast an der Wiese angelangt, zu seiner Verwunderung feststellte, daß er die Sense vergessen hatte.«

»Ich glaube, ich habe viel von ihm geerbt«, sagte ich.

Mein Gegenüber sah mir nachdenklich in die Augen. »Ein Großonkel des ›Sternguckers‹ ist auch ein Träumer gewesen«, sagte er. »Sie können seine Geschichte noch in der Chronik nachlesen. Er ist früh in die Fremde gezogen und Orgelbauer geworden. Später ist er in seinem

Fach eine Berühmtheit gewesen und hat eine Gräfin geheiratet. Von ihm stammt auch die alte Orgel in unserer Kirche. Wenn Sie einmal auf das Mannhaus hinaufsteigen, werden Sie auf der Rückseite des Instrumentes noch eine kleine Holztafel finden mit der Aufschrift:

Joseph Brodmann
Orgel gebaut
1783

»Die Orgel wird immer noch gespielt«, fuhr er fort; und dann, nach einer Weile des Schweigens, sagte er: »Ich glaube nicht, daß das Träumen Ihren Vorfahren geschadet hat. Mir scheint vielmehr, sie haben in ihrer Eigenart ein innerlich reiches Leben geführt. Der Traum ist eine Macht, die uns stark machen kann und die uns hilft, das Widerwärtige, das uns umgibt, zu ertragen. Übernehmen Sie getrost, was Ihnen im Leben Ihrer Vorfahren liebenswert erscheint; Sie haben ein gutes Erbe zu verwalten.« Er schaute mich fest an: »Ich weiß wohl, Sie werden es freudig verwalten«, sagte er. »Sie sind auch ein Träumer.«
Ich nickte. »Der ›Sterngucker‹ und der Orgelbauer«, sagte ich dann, »sie sind beide Träumer gewesen, und sie waren wohl auch glücklich dabei. Ich selbst bin auch sehr glücklich gewe-

sen, früher, als ich ein Kind war. Und ich weiß, daß ich meinen Vorfahren dankbar sein muß für die Gabe des Träumenkönnens. Aber wir, die wir in der Stadt leben, verleugnen gern unser Erbe.«

»Wenn wir nur unser Erbe kennen«, antwortete er, »dann haben wir immer eine Macht in den Händen, mit der wir den Weg zu uns selbst finden. Das Wissen um die guten Beispiele, die unsere Vorfahren uns gaben, ist etwas, an dem wir uns aufrichten können. Wir müssen nur die ererbten Fähigkeiten in uns erkennen und zurückstreben zum Maß der Dinge, das unsere Ahnen kannten, zum Ort der Mitte, an dem sich ein jedes Ding im Gleichklang mit dem Erstrebten befindet. Freilich, das mag uns manchmal schwer genug erscheinen. Es ist ja so, daß wir von unsern Vorfahren auch Wesenszüge erben, die einander widersprechen; denn in jedem von uns ist das Erbgut von vielen Generationen und von vielen einzelnen zusammengeflossen, und da beginnt ein jedes zu wirken. Das wird oft genug innere Kämpfe verursachen. Die Pest, die in unserm Land wütete, die Hungersnöte, die Kriege, sie alle haben den Charakter unserer Ahnen beeinflußt; oftmals zum Guten, indem sie ihn festigten, ihn erstarken ließen. Aber dann kam die Landflucht, hinter der zwar bei vielen zwingende Not, bei manchen aber auch nur der Wunsch nach Wohlleben stand. Unsere Urgroßeltern und Großeltern waren noch einfache Weber und Bauern; unsere Eltern jedoch spürten schon den Einfluß der Stadt, und wir selbst haben lange in der Stadt gelebt; da geht manches verloren. Wir kennen nun unser Erbe und müssen uns bemühen, alles Gute in ihm zu erhalten. Was uns vor Augen steht, ist das starke, echte Leben, das unsere Ahnen geführt haben. Dies, meine ich, sollen und können auch wir erreichen; denn wenn auch die äußeren Lebensformen sich von Generation zu Generation wandeln, dies steht als etwas Wesentliches hinter ihnen allen, dies ist jedem von uns aufgegeben.« – Er schwieg.

Wir saßen lange Zeit still zusammen in der sinkenden Dunkelheit und sahen nach den Scheiben hin, in denen der letzte Schein der Sonne glühte. Als dann die Finsternis in den Ecken ihre Netze ausgespannt hatte und als die Umrisse der alten Schränke verblaßt waren, stand ich auf, um mich zu verabschieden. Der alte Mann gab mir die Hand und geleitete mich durch den Flur nach draußen.

»Sie müssen nun in das Dunkel hinaus«, sagte er. »Wir kennen die Zukunft nicht, wohl aber das Vergangene. Die Geschichte unserer Vorfahren liegt vor unsern Augen wie ein Weg,

den wir schon gegangen sind. Wir wissen, wo wir stehen, und wollen dafür sorgen, daß die Geschichte unserer Nachkommen glücklich werde.«
Er sah mir noch einmal in die Augen, dann schloß sich die Tür, ich stand allein in dem milden Mondlicht, und der Wind fuhr mir kühl über die Wangen. Ich ging ein paar Schritte weiter, betrat das hölzerne Brückchen, unter dem der Bach gluckerte, stand, auf das Geländer gestützt, und sah in das dunkle Wasser unter mir. Der Wald rauschte aus der Ferne, die Heimchen zirpten in den Hecken, und der Bach murmelte. Ich war traurig. Dies war das Schmerzliche, das mir geblieben war, daß ich im Innern fühlte, wie so vieles von dem, was meine Vorfahren mir überliefert hatten, von mir abgefallen war. Aber ich hatte ja eine neue Aufgabe. Ich wischte mir über die Augen und sah auf zum Mond, der über der kleinen Kirche stand: es war der Wille in mir, das verlorene Erbe wiederzufinden und zu lieben.

DAS SCHULLESEBUCH MEINES GROSSVATERS

Am Nachmittag stand die Sonne ganz hoch über dem Wald, und es war sehr heiß auf dem Hof und im Garten. Da ging ich in das Haus, um mich oben ein wenig in die Eckstube zu setzen. Ich wußte, es war jetzt kühl auf dem Boden.

Auf der Treppe kam mir meine Schwägerin Sophie entgegen. Sie hielt ein Buch in der Hand. Ich blickte genau hin und sagte zu ihr: »Das ist ja Großvaters Schullesebuch!«

»Ja ja«, gab sie mir zur Antwort, »das ist noch von Großvater. An der Schenke ist ein Mann aus der Stadt, mit einem Wagen; der fährt überall umher und kauft die alten Bücher und Kalender. Ich habe schon alles zusammengesucht und in einen Korb getan. Die alten Sachen haben lange genug auf dem obersten Boden gelegen.«

Es war mir nicht recht, daß die Bücher aus dem Haus kommen sollten, und ich sagte: »Gib mir das Buch einmal her und warte noch mit dem Verkaufen! Ich will erst alles noch einmal durchsehen.« Da gab sie mir das Buch, und ich stieg weiter hinauf auf den Boden. Ich wollte jetzt allein sein und ging daher nicht in die Eckstube, in der gerade die Kinder spielten, sondern in die kleine Kammer, die nach dem Hof zu liegt. Dort stand ich eine Zeitlang zwischen den goldenen Tüchern, die die Sonne auf den Boden gebreitet hatte, und hielt das Buch in der Hand, dann setzte ich mich an das Fenster, legte das Buch vor mich hin, legte meine Hände darauf und sah hinunter in den Hof. Das neue Dach des Schweinehauses leuchtete hell und rot in dem warmen Sonnenlicht, die Schwägerin wirtschaftete im Obstkeller, und an der Fachwerkmauer zum Nachbarhof lagen die Hühner und badeten in ihren Sandmulden. Das war alles so gut, ich saß da, ganz allein mit mir, und dachte nach.

Das ist seltsam, sagte ich zu mir, nun hast du dieses Buch wiedergefunden, und es ist dir so fremd geworden. Als du klein warst, hast du immer so gern darin gelesen, und jeder Satz war dir eine Offenbarung, ein Ding, das eine wunderbare Welt erschloß. Und heute, als du es wiedersahst nach so vielen Jahren, da hast du im ersten Augenblick gedacht: Nun ja, es ist ein altes Buch mit sentimentalen Geschichten und schlechten Bildern. Was soll es mir! – Aber was hast du nun davon, daß du dies dachtest!

Du bist arm geworden, weil du dieses Buch verloren hast, obwohl es doch vor dir liegt.
Du bist nicht besser als deine Schwägerin, dachte ich dann. Sie hat das Buch nur deshalb verachtet, weil sein Einband nicht mehr taugt; aber du hast seinen Inhalt verachtet. Du hast nur an die Eltern gedacht, die dieses Buch immer geliebt haben und denen es weh getan hätte, daß man es verkaufte.
Ich schlug das Buch auf, die Sonne schien auf das vergilbte Papier, und ich las:

Der Sommer

»Im Sommer scheint die Sonne heißer, als im Frühling. Die vielen Blumen, welche noch blühen, das Gemüse in den Gärten und Alles auf dem Felde schmachtet dann nach Regen. Alles bedarf der Erquickung. Da verdunkelt sich der Himmel, der Donner rollt, Blitze blenden das Auge, und ein wohlthätiger Regen erfrischt die durstigen Bäume und Kräuter. Alles wächst nun noch einmal so schön und der Mensch freut sich darüber. – Aber die Hitze wird noch größer, das Getreide reift und es röthet sich die Kirsche. Sie wird den Wangen des munteren Knaben ähnlich und übertrifft sie bald an frischer Farbe. Die Stachelbeere reift mit der Johannisbeere, die Kinder pflücken sie jubelnd ab und löschen damit ihren Durst. Doch darf man nie unreines Obst essen, den dieß ist dem Menschen schädlich ...«

Mir wurde so warm ums Herz, als ich das las. Ich erinnerte mich an einen Nachmittag, da ich als Kind bei Vetter Christoph in der Stube gesessen und zum ersten Mal diesen Aufsatz gelesen hatte. Die Fliegen hatten unter der niedrigen Stubendecke gesummt, die Sonne hatte vor den Fenstern in die Holunderbüsche geschienen, und ich war so glücklich gewesen ...

Da kam mir auch die Erinnerung an ein Lesestück, das der Großvater uns Jungen manchmal an Winterabenden vorgelesen hatte und das damals großen Eindruck auf mich gemacht hatte. Ich blätterte ein paar Seiten zurück und fand es in der Abteilung »Erzählungen, Gespräche, Parabeln und Fabeln«.

Da standen die Sätze, die ich als Kind so geliebt hatte und deren Klang mir seitdem immer verborgen in den Ohren gelegen hatte, bis er nun nach so vielen Jahren wieder in mir geweckt wurde. Ich las und hörte dabei wieder die Stimme des Großvaters:

Der arme Musikant und sein College.

»Eine schlechte That wird überall erzählt; aber wenn einmal eine gute geschieht, schweigt man davon. Drum mag ich nicht still bleiben, wenn ich eine gute That hier oder dort höre, und will gleich eine erzählen, die noch nicht gar alt ist.

An einem schönen Sommertage war im Prater zu Wien ein großes Volksfest. Der Prater ist eine sehr große, öffentliche Gartenanlage, voll herrlicher Bäume, und der Hauptspaziergang der Wiener. Viel Volks strömte hinaus, und Jung und Alt, Vornehm und Gering freuten sich dort ihres Lebens, und es kamen auch manche Fremde, die sich an der Volkslust betheiligten. Wo fröhliche Menschen sind, da hat auch der etwas zu hoffen, welcher an die Barmherzigkeit seiner glücklicheren Mitmenschen gewiesen ist. So waren denn hier eine Menge Bettler, Orgeldreher und dergleichen, die sich ihren Kreuzer zu verdienen suchten ...«

Ich war schon ganz vertieft und las immer weiter. Ich las, wie unter den Musikanten auch ein alter Invalide war, der die Violine spielte. Aber die Leute gingen an ihm vorüber, ohne sein Spiel zu beachten, und der Hut, den sein Pudel in der Schnauze hielt, blieb leer. Da setzte sich der alte Mann endlich erschöpft auf einen Stein, »stützte die Stirn in die Hand, und die Erde trank einige heimliche Tränen, und die sagt's nicht weiter.«
Ein stattlicher Herr aber hatte den Musikanten schon seit einiger Zeit unbemerkt beobachtet und tiefes Mitleid mit ihm empfunden. Jetzt trat er an ihn heran, reichte ihm ein Goldstück und bat ihn, er möge ihm für eine Stunde seine Geige leihen. Das tat der alte Mann gerne. Der Fremde stellte sich nun dicht neben ihn und

fing an zu geigen. Und er geigte so meisterlich, daß die Leute voll Andacht stehenblieben und daß sich bald eine große Menge Volks ansammelte. »Selbst die Kutschen der Vornehmen hielten an.« Die Leute begriffen, daß der Fremde für den armen Invaliden neben sich spielte, und sie spendeten so viel Gold und Silber, daß der Hut sich rasch füllte. »Der Pudel knurrte. War's Vergnügen oder Ärger? Er konnte den Hut nicht mehr halten, so schwer war er geworden ... Der Fremde stand da mit leuchtenden Augen und spielte, daß ein ›Bravo!‹ über das andere schallte.« Endlich aber, da der Hut sich schon zum zweitenmal gefüllt hatte und da alles in der größten Begeisterung war, legte er dem Invaliden die Geige rasch in den Schoß, »und ehe der alte Mann ein Wort des Dankes sagen konnte, war der Virtuose fort.

›Wer war das?‹ rief das Volk.

Da trat ein Herr vor und sagte: ›Ich kenne ihn sehr wohl, es war der ausgezeichnete Geiger Alexander Boucher, welcher hier seine Kunst im Dienste der Barmherzigkeit übte. Er lebe hoch!‹

›Hoch! hoch! hoch!‹ rief das Volk.

Und der Invalide faltete seine Hände und betete: ›Herr, belohne du's ihm reichlich!‹

Und ich glaube, es gab an diesem Abende zwei

Glückliche mehr in Wien. Der eine war der Invalide, der nun weithin seiner Noth enthoben, und der andere Boucher, dem sein Herz ein Zeugniß gab, um das man ihn beneiden möchte.«

Ja, das waren die Sätze, die mich als Kind so ergriffen hatten. Sie hatten mich auch jetzt wieder so bewegt, daß mir fast die Tränen in die Augen gekommen waren. Das war alles so gemütvoll geschrieben und so ehrlich empfunden, daß ich nun vollends erkannte, ich müsse alles tun, um dem nahezukommen; und ich schämte mich, daß ich es je geringgeschätzt hatte.

Ich blätterte noch ein wenig in dem Buch und fand all die Erzählungen wieder, die in meiner Kindheit immer so großen Eindruck auf mich gemacht hatten: »Der westphälische Hofschulze«, »Vater Gerhard; oder: Was Gott thut, das ist wohlgethan«, »Die gute Mutter« und die schöne Geschichte »Kannitverstan« von Johann Peter Hebel. Das Herz ging mir ordentlich auf, als ich so blätterte.

Ich saß noch eine Weile in der Kammer, hörte, wie die Vögel in den Gärten sangen, und sah durch das Fenster ins Land hinaus, wo die weißen Wege fern in den Himmel liefen; und ich dachte, wie mein Großvater in seinem ganzen Leben außer der Bibel nur dieses eine Buch ge-

lesen hatte und ein so guter Mann gewesen war.
Dann bin ich hinuntergegangen zu den andern und habe ihnen gesagt, daß sie keines der alten Bücher aus dem Haus geben sollten. Das Lesebuch ist von da an immer in meiner Nähe gewesen, und ich wußte, ich könnte nie wieder ganz arm sein, wenn ich nur immer dieses Buch behielte und wenn ich nur weiterhin mit dem gleichen Vertrauen in ihm läse, mit dem mein Großvater in ihm gelesen.

VOM WOLF, VOM SCHÄFER UND DEN SCHAFEN

Ich habe immer gerne gemalt. Als Kind malte ich Bäume und Häuser und Soldaten, den König, die Heilige Familie, die drei Weisen aus dem Morgenlande und den Schäfer mit seinen Schafen, und sie alle vertrugen sich gut. Der König saß auf seinem Thron, hielt das Szepter in der Hand und regierte, die Heilige Familie war im Stall zu Bethlehem beisammen, die Heiligen Drei Könige aus dem Morgenland kamen und beteten das Jesuskind an, jahraus, jahrein mit der gleichen Gebärde, und die Schafe grasten friedlich um den Schäfer her, oder sie lagen in ihrer Hürde und ruhten aus, damit sie am nächsten Tag weitergrasen konnten.
Das war alles fest und klar, daran gab es nichts zu rütteln und zu deuteln. Ich hatte auch die Menschen und die Tiere, die ich malte, alle gern. Am liebsten aber hatte ich den Schäfer, weil er ein so freundliches Gesicht machte und mich aus seinen großen blauen Augen immer so strahlend ansah.
Manchmal, wenn ich gerade malte, unterhielt ich mich mit ihm und sagte etwa zu ihm: »So,

Schäfer, hier male ich dir noch ein Schaf; eins, das noch ganz, ganz klein ist und noch gar nicht richtig laufen kann. Und gleich male ich Regen; da male ich dir vorher schnell noch eine Kappe und einen Mantel, damit du nicht naß wirst.«

Da freute sich der Schäfer, und die Freude leuchtete aus seinem ganzen freundlichen Gesicht. Einmal sagte er zu mir: »Ich muß aber auch einen Hund haben; jeder Schäfer hat einen Hund.«

Da rief ich: »O ja, Schäfer, jetzt male ich dir einen Hund! Der muß dann auf die Schafe aufpassen und den Wolf fressen, wenn er kommt und das ganz kleine Schaf wegholen will.« So unterhielt ich mich mit dem Schäfer auf das allervergnüglichste.

Später, als ich älter wurde, mischte sich, wenn ich mit dem Schäfer sprach, immer häufiger ein Dritter in unser Gespräch: Er hatte eine sehr laute, rauhe und harte Stimme und redete mir allerlei Schmähworte ins Ohr. So sagte er, es sei doch albern, daß ich mich mit so einem papierenen Schäfer unterhielte, der doch gar nicht lebendig sei und allen Ernstes doch gar nicht mitreden könne; und dann erst die Schafe! Ich solle sie mir doch nur einmal ansehen! Einige von ihnen hätten doch tatsächlich bloß drei Beine! Und da – man sollte es kaum glauben –, da war wahrhaftig eins, das hatte nur *zwei* Beine! Das war doch zu lächerlich! – Er wollte sich ausschütten vor Lachen.

Ich merkte wohl, daß dieser Störenfried in meinem eigenen Innern saß, und es wurde mir recht unbehaglich zumute. Bisher hatte der Schmähsüchtige wohl versteckt in einer Höhle gelegen und geschlafen. Nun aber war er erwacht und hervorgetreten, und schon brachte er mich in arge Verlegenheit. Ganz ohne Zweifel, er war ein gefährlicher Wolf! Wie hätte er sonst so böse gegen den Schäfer und die Schafe sein können!

Aber er spottete nicht nur über diese, nein, wenn ich wieder die Heilige Familie malte, so geiferte er auch gegen den heiligen Joseph und sagte, ich hätte ihm einen ganz abscheulichen und schlechterdings unerlaubten Bart gemalt, denn wo je habe ein Mensch einen dunkelgrünen Bart getragen.

Malte ich aber den König – auf die Art, die mir eben richtig erschien –, so heulte er, dies sei vollends unerträglich. Nie habe der Thron eines Königs in einem Garten unter Bäumen gestanden, sondern stets in einem großen, geschmückten Saal, und wie könne überhaupt ein König, der nur einen Arm und ein Bein habe, von seinen Untertanen die leiseste Ehrfurcht erwarten!

Da sind meine Bilder immer häßlicher geworden. Der Wolf hatte sich gegen den Schäfer und gegen die Schafe empört, gegen den heiligen Joseph und gegen den König, und alles war in Unordnung geraten. Von der Zeit an mochte ich mich auch nicht mehr mit dem Schäfer unterhalten; meine Freundschaft mit ihm war gestört. Ich konnte auch seine Stimme gar nicht mehr hören, so laut redete der Wolf auf mich ein. Und die Schafe, die ich früher gemalt hatte, dauerten mich manchmal geradezu, und ich mußte nun selbst bei ihrem Anblick lächeln, so oft hatte der Wolf mir gesagt, daß sie armselig und lächerlich seien. Freilich war ich zugleich auch traurig, daß ich mich nicht mehr wie früher freuen konnte, wenn ich sie sah, und daß ich an ihrer Stelle nun nichts hatte, das ich mit der gleichen Liebe betrachten konnte wie sie einst. So arm war ich geworden.
Aber dann sagte der Wolf zu mir: »Wozu sind deine Schafe schon nütze! Man kann sie ja nicht einmal fressen! Und sag doch selbst, was sind schon Schafe, die man nicht fressen kann! Laß sie laufen! Schafe malen, das sind brotlose Künste; Schafe fressen, das lob' ich mir.« Er war eben viel zu böse oder zu dumm, um sich mit den Schafen vertragen zu wollen.
Die Schafe störte sein Reden indessen wenig. Sie grasten ruhig und friedlich weiter und be-

achteten ihn gar nicht, wie er sie anheulte und ihnen an die Kehle fuhr. Und auch der Schäfer schien die Schmähreden des Wolfs nicht zu hören; er lachte so freundlich wie nur je. Das hätte mir tröstlich sein müssen, hätte ich es nur herzlich wahrgenommen und hätte ich nur die Worte hören können, die der Schäfer mir dazu sagte. Allein, wenn ich doch einmal versuchte, ihn recht liebevoll anzusehen, oder wenn ich gar neue Schafe malen wollte, gleich heulte wieder der Wolf voll Wut dazwischen, meine Ohren wurden taub für die Worte des Schäfers, meine Augen blind für die Sonne, die über ihm schien, ich mußte den Stift aus der Hand legen. Es war, als ob sich mir beim Geheul des Wolfes ein jedes Schöne in ein Häßliches verwandelte, und immer öfter kam es mir in solchen Augenblicken so vor, als sei der freundliche, lachende Schäfer ein mißgebildeter, abscheulicher Zwerg und als seien die friedlichen Schafe langweilige und unnütze Wesen; und das war gewiß eine ganz dumme Einbildung. Der Wolf hatte mich eben ganz verwirrt.

... Ich bin nun unzufrieden mit mir und mache mir Vorwürfe. Ich hätte ja besser auf den Wolf aufpassen können! – Aber vielleicht kann ich ihn noch bändigen.

... Am Nachmittag gehe ich die Stiege hinauf auf den Boden. Die Eltern und die Brüder sind

ins Feld gefahren, es ist ganz still im Haus, und die Katze läuft mir nach und streicht mir um die Beine. Ich gehe in die kleine Kammer, die über der Toreinfahrt liegt, und suche aus der Truhe, die vor dem Fenster steht, meine frühesten Kinderzeichnungen heraus. Das schönste der Bilder, auf dem der Schäfer mit seiner Herde ist, hefte ich mit zwei Heftzwecken dem kleinen Fenster gegenüber an die Wand. Da hängt es, und ich stehe davor, und es wird mir so eigen zumute. Ich laufe noch einmal nach unten in die Stube und hole mir einen Schemel herauf. Und dann sitze ich vor meinem Bild, wie ich als Kind davorgesessen habe, ich habe die Katze auf den Arm genommen, die Sonne scheint mir durch das Fenster auf den Rücken, und ich betrachte, was ich vor mehr als zwanzig Jahren gemalt habe, da ich mich mit dem Schäfer unterhielt und zu ihm sagte: »Du, Schäfer, wenn ich groß bin, werde ich auch Schäfer.«
Das Bild ist etwa zwei Armlängen breit und vier Fuß hoch. Es ist mit Buntstiften auf zerknittertes, dunkelbraunes Packpapier gemalt. Da ist eine große Landschaft mit einem Wald und einer Stadt und mit einer großen Sonne mit langen Strahlen. Der Wald steht auf einem Hügel, es ist ganz finster zwischen den Baumstämmen, und aus der Finsternis kommt die Schafherde, und der Schäfer geht voran mit seinem

Hund. So ziehen sie über die flachen, öden Felder und sind ganz allein. Es ist schon sehr dunkel in dem Bild; die Sonne ist noch nicht untergegangen, aber am Himmel stehen schon die hellen Nachtwolken.

– Da fängt der Wolf in mir auf einmal wie früher an zu schimpfen und zu lästern: »Nein, sieh nur, wie plump und unbeholfen der Schäfer dahingeht!« spottet er, »und wie zerlumpt er aussieht! Das ist ja gar kein Schäfer! Das ist ja ein Schafdieb, ein Vagabund, ein Wegelagerer! Und diese Schafe! Diese stockbeinigen, invaliden Geschöpfe! Wenn sie lebendig wären, würde ich gleich drei von ihnen auf einmal verzehren müssen, um satt zu werden. Aber sie sind ja aus Papier! Sie leben ja nicht! Hoho, sie leben ja nicht!«

Er sagt noch andere dumme Sachen, und das tut er alles, um mich gewaltsam zu kränken. Aber ich bin schon fest entschlossen, mich dem Schäfer und den Schafen anzuvertrauen, und so verteidige ich mich, so gut ich kann, und antworte dem Wolf: »Du hast mir lange genug dazwischengeredet. So vieles, über das ich mich früher gefreut habe, hast du mir genommen, hast es begeifert und endlich so zerrissen, daß ich es nicht wiedererkannte. Und was hast du mir dafür gegeben? – Ein paar billige Scherze, ein dummes Gelächter – nichts also.«

Und nun drohe ich ihm auch: »Aber wart' nur! Es wird dir noch schlecht ergehen! Der Schäfer hat nämlich einen Hund; der beschützt die Schafe und ist weit stärker als du, und wenn du nur einmal mit ihm kämpftest, so würde er dir schon den Garaus machen.«
Doch so leicht läßt sich der Wolf nicht einschüchtern; seine Bosheit heißt ihn weiterspotten. Er schimpft auf den Hund, ich widerspreche ihm, und so streiten wir in der kühlen Kammer hin und her, während draußen vor dem Fenster die Nachmittagshitze steht, und es ist lange Zeit nicht abzusehen, wer von uns beiden das letzte Wort behalten wird. So vergehen die Stunden, und es wird Abend. Die Stimmen der Kinder, die unten vor dem Haus spielen, werden allmählich leiser, die Vögel verstummen, und in den Scheiben glänzt die Sonne nicht mehr. Nach und nach entweicht das helle Tageslicht aus der Kammer, und aus den Ecken kriecht die Dunkelheit. Da wird alles so seltsam um mich her; man könnte sich jetzt fürchten, aber die Katze liegt warm und lebendig in meinem Arm und schnurrt.
Ich rücke den Schemel ganz dicht an das Bild heran, um die Linien der Bäume und Wolken besser erkennen zu können, und der Wolf knurrt und sträubt die Rückenhaare. Ich weiß wohl, er ärgert sich jetzt.

Und ganz allmählich verwandelt sich die Stimmung des Bildes. Die Farben nehmen eine graue, dunkle Tönung an, die Sonne sinkt am Himmel herab und geht unter – es ist Nacht geworden. Nun wird alles tief und lebendig. Die Bäume rauschen auf, und von ganz weit her kommt der Lärm der großen Stadt. Das Land liegt da als ein weiter, dunkler See, den die Wege durchlaufen wie weiße Dämme. – Einer der Wege stößt an den Rand des Bildes. – Und da, wie weht es mich an mit einemmal? – So kühl und dunkel, unsäglich sanft, so traulich und mächtig, voll Macht! Ein Windhauch kommt milde und fährt mir durchs Haar, ich weiß nicht, wie mir geschieht, die Katze springt mir vom Schoß, mir ist, als ob ich aufstünde ...
Die Umrandung des Bildes weicht zurück, ein Raum wird aufgetan: die tiefe Nacht! Ihr Rauschen kommt her mit dem Wind aus dem Walde, her mit den Schafen über die Felder, ist um mich her ...

Dies ist nicht der Boden der Kammer, den ich unter den Füßen spüre, dies ist Sand, heller Sand, flüssig im milden Mondlicht, so weich und weiß, so kühl in der erleuchteten Nacht, so sanft und gut. Mir ist so beklommen und weh zumute; nun hält mich nichts mehr zurück. Meine Jacke gleitet mir von den Schultern, ich stehe im Wind, allein, – horch! ein Klang kam mir her – ein Schaf hat geblökt, und, oh, ich laufe auf bloßen Füßen – so bin ich als Kind gelaufen – den kühlen, kühlen Weg hinauf durch die finsteren Felder im spielenden Wind, an Gräben und Gesträuch vorbei, auf schmalem Steg über das Murmeln des Baches, dem Schäfer, den Schafen entgegen. Da höre ich das Blöken der Tiere, nah und näher, und immer lauter und mächtiger das Rauschen der Nacht, das über uns dahinzieht, die Klänge einer dunklen Orgel, gespeist vom Säuseln der Blätter in den Wäldern, vom Rollen der Wagen auf den fernen Straßen, vom Murmeln der Bäche in den silbernen Wiesen der Täler, vom Lärm der großen, fensterreichen Stadt. – Wo ist der Wolf in mir? – Er ist zurückgeblieben in der Kammer, er ist nicht mehr bei mir! Was mir geschehen, hat ihm den Atem verschlagen. Für eine Weile ist er starr gewesen vor Bestürzung und Wut; – aber da, jetzt eben hat er sich gefaßt, springt in die Höhe und heult und rast und will mir nach und mich zurückholen. Doch es ist, als wäre er am Orte gebannt; er kann nicht von der Stelle. Und jetzt springt auch schon der Hund des Schäfers in großen Sätzen über die Wiesen und durch die Felder gegen ihn hinab, sperrt seinen Rachen auf, und ich sehe, wie er den Wolf am Nackenfell packt, hin und her schüttelt, in die Luft wirft und auffängt und endlich mit

Macht zu Boden schleudert, daß er daliegt wie tot.
Unterdessen sind die Schafe herangekommen, und ich stehe nun mitten unter ihnen. Der Hund läuft den Weg zurück zu uns herauf, jagt die Schafe ein wenig auseinander und kommt zu mir und sieht mir in die Augen. Mir tut er nichts; er kennt mich, weil ich ihn gemalt habe. Ich lege ihm die Hand auf den Kopf und streichle ihn, daß er fühlt, wie dankbar ich ihm bin, ich bin glücklich und lausche. Die Schafe umdrängen uns, der Wind läuft kühl über die Felder, und der Schäfer kommt und nimmt mich bei der Hand und sagt: »Ich habe gewußt, daß du kommen würdest, immer habe ich gewußt, daß wir dich finden würden. Sieh die Schafe! Wie froh sie sind! Du warst von ihnen weggegangen, und sie haben sich nach dir umgesehen und haben geblökt. Da bin ich mit ihnen ausgezogen, um dich zurückzuholen. Ich habe sie geleitet auf langem Weg bis an die Grenze des rauhen Landes, aus dem du entflohen bist, wir sind umhergegangen und haben ausgeschaut, ob wir dich nicht wiedersähen, denn du warst in die Fremde gezogen, und wir wußten nicht, wo du warst. Nun aber ist alles wie früher. Du bist dem Wolf entkommen, du hast unser Rufen gehört und bist ihm gefolgt und bist wieder gut mit uns, wie du es früher

warst. Du gehst nicht zurück in das rauhe Land, in dem die Wölfe leben, sondern du bleibst bei uns immerzu, in unserer Mitte, siehst, was wir sehen, hörst, was wir hören. Horch, wie im Tal die Mühle rauscht, die Bäche murmeln nahebei, – und da, wie aus dem Wald es ruft! Die Eule ist es, die die Maus verfolgt. Wir hören immerfort die Mühle rauschen, die Vögel rufen, – wenn wir schlafen, so wecken uns die Lerchen morgens auf mit ihren Liedern, wir sehen die Sonne heraufkommen und wieder untersinken, die Sterne glänzen auf und werden wieder blaß, die Tage und die Nächte, sie geleiten uns und sind uns gut. Wir kennen die Tiere, die Bäume, die Gestirne, wir wachen und ruhen, immer reichere und schönere Tage und Nächte, so gehen wir unserem Ziel hinter den hohen, strahlenden Bergen entgegen, stetig und leicht, auf dem rechten Wege, nichts verwirrt uns, der Wolf ist fern, der Hund beschützt uns, wir sind glücklich. – Wie ist dir nun? Du bist nun frei. Du bist dem Feind entflohen, hast die Kammer verlassen, in der du so lange gefangen warst und mit ihm gekämpft hast. Hier kann er dich nicht erreichen, kann dir nicht auflauern, kann dir nicht weh tun. Er ist gefangen drunten in seiner engen Kammer, an deren Wänden er sich den Kopf einstößt. Hat er sich von seiner Niederlage, die unser

Hund ihm beigebracht, erholt, so steht er da mit vor Empörung runden Augen und heult sein Nein zu dem, was doch geschehen ist und immer neu geschieht. Dadurch behält er wohl Vertrauen zu sich selbst, doch richtet er zugleich die Wand auf, die ihn von uns trennt. Er glaubt nicht an das Wunder, drum geschieht's ihm nicht; er liebt nicht, und so wird er nicht geliebt. Er lebt in einem armen Land. Seiner Welt sind Grenzen gesetzt. Was er mit den Zähnen nicht fassen kann, bleibt ihm fremd, und er haßt es. – Unser Land aber ist weit; es reicht an die Sterne, ja über die Sterne hinaus. Und wir gehen in unserem Lande unserem Ziel entgegen und spüren die sichere Erde unter unsern Füßen, die Erde unseres Landes und unseres Weges. Wir hören wohl das Heulen des Wolfes in der Ferne, aber wir wenden unsere Ohren von ihm ab, und er hat keine Macht über uns. Den Fluß wollen wir hinaufgehen, dessen Tosen wir hören, wir wollen unsre Augen in ihm waschen, bis wir an seine Quelle gelangen. Schon drängen sich die Schafe hinter mir voll Ungeduld; sie ahnen ja seit Urbeginn die guten Weiden, die hinter jenen Wäldern und den fernen, mondbeglänzten Bergen schimmern; sieh, die Sterne spiegeln sich in ihren Augen, und nicht der kleinste Tropfen Wolfblut ist in ihren Adern. Sie sind voll Sehnsucht nach dem Land,

in das ich sie nun führen will, dem Land, in dem kein Giftkraut wächst, das ihnen schaden könnte, in das nicht mehr des Wolfes rauhe Stimme dringt und wo die ewig hellen, gipfelfrischen Wasser springen. Auch ich mag nicht mehr weilen hier, und du, du gehst mit uns.«
Und dann gehe ich neben dem Schäfer auf den weißen Wegen durch die Dunkelheit, an Hekken und Zäunen entlang, immer tiefer in das wunderbare Land hinein. Ich gehe und träume, sternüberglänzt, erleichterten Schritts mit erleuchteten Augen, und der Schäfer hält meine Hand in der seinen. Und die Schafe laufen uns nach, der Hund springt um uns her, und der Wind geht mit, die Nacht zieht über die Felder, voll kühlender Schauer, und es rauscht aus der Ferne, immerfort, so sanft und süß, und rauscht und rauscht, rauscht, rauscht . . .

DAS SELTSAME LEBEN DES VETTERS LIBORIUS

Eine der gütigsten und zugleich geheimnisvollsten Gestalten meiner Kindheit ist der Vetter Liborius gewesen, ein Maler, der etwa in meinem siebenten Lebensjahr in mein Heimatdorf kam und sich dort niederließ. »Liborius«, das ist ein altmodischer Name; er klingt weich und ungewöhnlich, und man ist geneigt, über ihn zu lächeln. Nicht weniger weich und ungewöhnlich aber war das Wesen des Menschen, der ihn getragen hat. In dem Vetter Liborius waren viele der Kräfte, die unser Leben gestalten, zusammengekommen: das Schöne mit dem Häßlichen, das Große mit dem Nichtigen, das Tröstliche mit dem Erschreckenden. Aber gerade dies war der Grund dafür, daß ich mich als Kind in besonderer Weise zu diesem Mann hingezogen fühlte; denn damals begann mein eigenes Leben, den genannten Mächten in steigendem Maße ausgesetzt zu sein. Und so kam es auch, daß dieser ungewöhnliche Mensch durch seine Worte und durch sein ganzes Wesen den nachhaltigsten Einfluß auf meine Entwicklung ausübte und daß ich sein Leben und – sein Ende mit der innigsten Anteilnahme verfolgte.

Als ich den Vetter Liborius kennenlernte, ging ich noch in die zweite Klasse der Volksschule und war kaum acht Jahre alt.

Ich sehe mich an einem Sommernachmittag in der kühlen Wohnstube auf einem Schemel sitzen, einen Marienkalender in den Händen haltend, die Mutter arbeitet an der Nähmaschine, und mitten in der Stube steht ein großer, hagerer, etwa vierzigjähriger Mann mit einem bleichen Gesicht, einem schwarzen Spitzbart und langen Armen, und der sagt zu meinem Vater: »Das Bild ist verkauft, Vetter Hanndietrich! Fünfzig Taler hatte ich gefordert, und hundert habe ich bekommen. Es gibt doch noch Kunstfreunde in der Stadt!«

Und in erregtem, begeistertem Ton fährt er fort: »Eines Tages will ich noch ein Bild malen, Nachbar, das soll so schön sein wie – wie zerstampfte Perlen!«

Mein Vater faßt ihn daraufhin begütigend am Arm und sagt: »Schon gut, schon gut, Vetter Liborius; geht nur nach Hause! Man sollte meinen, Ihr sprächet im Fieber.«

Da verabschiedet sich der Mann. Doch während er an mir vorbei durch die Stube geht, fährt er mir noch mit der Hand über den Kopf und sagt: »Dein Vater hat mir erzählt, daß du Maler werden willst, Junge. Du mußt mich einmal besuchen kommen und mir deine Bilder zeigen.« Und dann geht er durch den Flur, und ich höre, wie die Vordertür hinter ihm ins Schloß fällt.

»Der Vetter Liborius wird doch alle Tage schrulliger«, sagt mein Vater. »Er ist ja geradezu besessen von seiner Arbeit.«

»Er sieht nicht gesund aus«, fügt meine Mutter hinzu. »Aber seine Bilder sind schön.«

Das ist für mich der Anfang zu einer seltsamen Freundschaft gewesen. Es war ein Gefühl in mir erwacht, das mich zu dem Vetter Liborius hinzog. Aber ich gab diesem Gefühl zunächst nur mit halbem Willen nach, mit einer Mischung aus Liebe und Furcht. Der sonderbare Mann hatte so gütig zu mir gesprochen; doch vorher hatte ich auch seine Rede von den »zerstampften Perlen« gehört; und dabei war etwas angerührt worden, dessen Dasein mir in dieser Form unbekannt war und das mich erschreckte. Es war das Grauen, das hinter den Dingen lauert, das immer dann hervorbricht, wenn der Geist eines Menschen dem Tiefsten, dem Unsagbaren nicht mehr gewachsen ist. Aber während ich noch über die seltsamen Worte des Mannes nachdachte, näherte ich mich selbst unbewußt dem Bereich der Tiefe, aus dem sie stammten, und es stieg mit einem Mal die Erinnerung an vergangene Ängste in mir auf, an Stunden, die ich, gebannt von einer unerklärlichen Furcht, in der Dämmerung des Speichers verbracht hatte, allein mit den Gestalten meiner Phantasie, dem Unheimlichen und Grauenerregenden so ganz nahe. Und ich dachte: Vielleicht hat der Vetter Liborius Ähnliches erlebt. So war es in der Hauptsache ein Gefühl der Verwandtschaft, das mich wenige Tage später veranlaßte, der Einladung des Malers zu folgen.

Es war noch früh am Morgen, als ich aus dem Haus trat und langsam, am Brückengraben entlang und an der Kirche vorbei, hinaufging zum Oberdorf. Unter dem Arm trug ich eine Rolle aus Packpapier, in das die Mutter meine Bilder eingewickelt hatte. Die Pferdegasse lag still im warmen Sonnenschein, noch war kein Mensch zu sehen, und die Vögel sangen im Efeu an der Mauer des Schloßgartens. Und da war endlich die alte, geschnitzte Tür des Gesindehauses, des älteren, zur Straße hin gelegenen Schloßflügels, in dem der Vetter Liborius ein Zimmer gemietet hatte. Ich schaute mich noch einmal um, sah die Straße hinauf und hinab und wollte eben an der Schelle ziehen, als sich die Tür öffnete und der kleine Otto, das Kind des in dem-

selben Haus wohnenden Försters, die Steinstufen herabsprang und mir zurief: »Willst du zum Onkel Liborius? Da paß ja auf! Der Onkel Liborius ist ein Hirsch, ein großes wildes Tier!«
Ehe ich noch etwas erwidern konnte, wurde über mir im ersten Stockwerk ein Fenster geöffnet, der Kopf des Malers erschien über den Blumenkästen, und der Vetter Liborius rief mir zu: »Komm nur herauf, du Wurm!« Und dabei sah er mich so zwingend an, daß ich folgsam durch die Tür ging und in dem finsteren Flur die breite, hölzerne Treppe hinaufstieg. Oben stand ich einen Augenblick mit klopfendem Herzen vor der Stubentür, bis mir geöffnet wurde. Der Vetter Liborius war ganz freundlich zu mir. Ich durfte mich in einen alten, gepolsterten Sessel setzen und hatte nun Gelegenheit, den seltsamen Mann zu beobachten, wie er so vor seinem Arbeitstisch stand und sich über meine Zeichnungen beugte. Das schwarze, wirre Haar fiel ihm tief über die weiße Stirn, der weiche Mund war ein wenig geöffnet, die dunklen, brennenden Augen hatte er wie immer sehnsüchtig geweitet. Er warf auf jedes der Bilder einen jähen, fast wilden Blick, der in Sekundenschnelle eine Fülle von Einzelheiten erfaßte und die Oberfläche des Geschauten gleichzeitig zu durchstoßen schien. Die Bewegungen, mit denen er die ein-

zelnen Blätter umwandte, waren dabei rasch und von ausgeprägter Bestimmtheit. Doch mußten ihm meine Bilder wohl gefallen; denn er sah mich zwischendurch ein paarmal lächelnd an und sagte endlich: »Komm, Junge! Nun sollst du auch *meine* Bilder sehen!«

Und damit führte er mich ringsum an den Wänden der Stube entlang, wo, oft in drei Reihen übereinander, eine Menge von Ölbildern hingen. Ich schaute ganz ehrfürchtig zu ihnen auf; soviel Herrlichkeit auf einmal hatte ich noch nie erblickt. Da waren ganz helle Bilder, in warmen gelben und rötlichen Farben. Das war das weite Land im Sommer, wenn das goldene Sonnenlicht über den Feldern zittert und wogt und wenn der Himmel blau und klar wie Glas über den Zäunen der Gärten liegt, da war die Sonne, die in den Scheiben glüht, und der Wald, der lichte, grüne, der in den Juliwochen wie eine Orgel auf den Bergen steht, und alles war so hell und glücklich, so stark und so unmittelbar, daß man glauben mochte, die Vögel über den Feldern singen zu hören. Es gab Bilder, auf denen nichts war als eine ungeheure, warme Lichtwolke; die glühte und kreiste und strahlte eine solche Helligkeit aus, daß einem die Augen schmerzten, wenn man hineinsah.

Aber es waren auch andere Bilder da: dunkle, graue, ohne Licht und Sonne, nur voll Schmerz und Angst. Da war eine finstere Schafweide in einer kalten, nebligen Dämmerung, das Gras war grau und stumpf, die Schafe waren nach Hause gegangen, die Zaunpfosten umgestürzt, und mitten in der Wiese stand ein weinroter Baumstrunk, ganz allein, wie ein Fremdling.

Aber von solchen Bildern gab es nur wenige. Sie hingen unter den andern wie eine gefährliche Drohung, erschreckend, doch noch in der Minderheit.

An einem der Fenster, durch die man hinabsehen konnte in den Schloßgarten, blieb der Vetter Liborius stehen. Er hob die Arme, faltete die Hände hinter dem Kopf und reckte sich, schob endlich die Fensterflügel weit auseinander und sah sehnsüchtig hinaus in den hellen Sonnenschein. »Sieh nur, Junge, wie die Sonne über den Dächern steht!« sagte er. »Und da, der Schloßgiebel mit dem Gefängnisturm und den Schwalben! Und da, der Teich hinter den Tannen! Das ganze Dorf ist voller Bilder; man muß nur die Augen aufreißen und hingucken und alles andere beim Malen vergessen.«

»Onkel Liborius«, fragte ich, »muß man noch mehr tun, wenn man ein schönes Bild malen will?«

»Aber sicher«, antwortete er. »Wenn der Mond scheint, muß man manchmal des Nachts aufstehen und in den Wald gehen. Da kann man

Wunderdinge erleben. Ich mache es oft so; denn wer etwas Schönes malen will, muß zuerst etwas Schönes gesehen haben; und in der Nacht ist der Wald viel schöner als am Tage. Dann gehe ich hinter dem Dorf hinauf ins Köhlerholz. Ganz still ist es da. Nur ein Kauz schreit, der Wind rauscht in den Baumwipfeln, und im Moos murmelt der Bach. Wo die Bäume am dichtesten stehen, lege ich mich mit dem Rücken zwischen ihre Wurzeln und sehe hinauf zum Mond, der durch die Zweige scheint. Und je länger und fester ich ihn ansehe, um so besser kann ich ihn malen. Ja, alles, was schön sein soll, muß man vorher ganz liebevoll anschauen und in sein Herz einschließen. Meistens liege ich lange im Wald«, fuhr er fort, »bis mir die Kälte den Rücken heraufkriecht; und manchmal schlafe ich sogar ein und liege im Moos zwischen den Baumwurzeln und werde erst wach, wenn am Morgen die Sonne aufgeht und die Vögel singen.«

Der Mann sprach ganz ernsthaft zu mir, fast wie zu einem Erwachsenen, und ich war sehr stolz darauf.

»Da könnt Ihr Euch aber leicht den Rheumatismus holen«, sagte ich.

»Den Rheumatismus?« fragte der Vetter Liborius und sah mich ganz erstaunt an. »Vielleicht könnten mir sogar beide Beine abfrieren. Aber was schadet denn das! Wenn nur das Bild, das ich am nächsten Tag male, dafür um so schöner wird! Man kann auch ohne Beine ein Bild malen, sogar, wenn man obendrein noch Rheumatismus hat. – Nein«, fuhr er mit wilder Entschlossenheit fort, »wenn man den Mond und die Sonne erkannt hat, opfert man gerne Schlaf und Gesundheit, um den Gestirnen ganz nahe sein zu können. Glaub mir, Junge: eine einzige Minute, während der ich die Sprache des Mondes verstehe, ist tausendmal schöner als ein ganzes Jahr, das der dicke Schmied bei Bier und Kartenspiel verbringt.«

»Onkel Liborius, nehmt mich doch einmal mit in den Wald!« bat ich.

»Das geht nicht, Junge«, antwortete er. »Wer den Mond verstehen will, muß ganz allein sein; denn, siehst du, ein Bild muß man ja auch ganz allein malen.«

Während er das noch sagte, entdeckte ich, daß an der Brüstung des Fensters, vor dem wir standen, eine Leiter angelehnt war, die hinabführte in den Schloßgarten.

»Warum steht denn die Leiter da?« fragte ich neugierig.

»Das ist wegen der Dämonen, die im Hause sind«, war die ernste Antwort. »Sie machen sich manchmal bemerkbar; dann muß man ihnen ausweichen können.«

Damit verabschiedete mich der seltsame Mann. Er gab mir noch einen Apfel, ich nahm meine Bilder unter den Arm und stieg die Treppe hinab. Von dem Tage an besuchte ich den Vetter Liborius fast jede Woche, und ich spürte dabei dunkel, wie die Sehnsucht ständig in ihm wuchs, die Sehnsucht, den Dingen ganz nahe zu sein und immer tiefer in ihr Wesen einzudringen. – Eines Tages aber trat etwas ein, das mich mit jähem Entsetzen schlug, und da ich die Schuld daran dem Vetter Liborius zuschob, kam es, daß ich dem guten Mann von da an bis zu seinem Tod aus dem Weg ging.

Es war an einem Winterabend, als der Maler mit mir in seiner Stube vor dem Ofen saß. Es war ein alter Ofen mit mehreren Stockwerken und großen, gußeisernen Platten, auf denen eine Menge von verschlungenen Ornamenten und weißen Porzellanknöpfen angebracht war. Der Vetter Liborius hatte die Ofenklappe geöffnet und sah mit großen Augen in die Flammen, und der Schein des Feuers rötete sein bleiches, hohlwangiges Gesicht, sprang zuckend über Decke und Wände und erfüllte die Stube mit merkwürdigen, geheimnisvollen Gestalten.

»Du, Onkel Liborius«, fragte ich in der Stille des Raumes, in der nur das Knacken des brennenden Holzes zu hören war, »wo sind eigentlich die schönsten Bilder, die es gibt?«

»Das will ich dir erzählen, Junge«, antwortete der Maler, »denn das ist eine wichtige Geschichte. – Die schönsten Bilder sind ganz weit von uns weg, und wer zu ihnen gelangen will, muß in einen großen, großen Wald hineingehen. Und je tiefer man in den Wald hineingeht, um so höher werden die Bäume, und die Vögel, die in dem Wald leben, werden immer prächtiger und singen immer schöner, und die Sonne scheint immer heller durch die Wipfel, aber der Weg wird immer schmaler und gefährlicher, und die schönsten Bilder sind noch weit. Endlich aber tut sich eine Lichtung auf, und mitten auf der Lichtung steht ein Brunnen, der führt tief, tief in die Erde hinab. Das ist der Brunnen mit dem Wasser des Lebens. Wer sich in ihm wäscht, der sieht die schönsten Bilder, die auf seinem Grunde liegen, eines immer schöner als das andere.«

Und dabei beugte sich der ungewöhnliche Mann weit vor, spreizte die Finger und krümmte sie ein wenig und sah so starr und sehnsüchtig in die Flammen hinein, als liege der Brunnen vor ihm und als müsse er dessen Anwesenheit mit allen Sinnen wahrnehmen. Und mit vor Erregung heiserer Stimme fuhr er fort: »Der Wald, die Lichtung und der Brunnen aber liegen alle in der Hand Gottes. Und auf dem Grunde des Brunnens ruhen nicht allein die schönsten Bilder, sondern auch zwei andere Dinge, die ebenso kostbar sind: das Wahre und das Gute. Sie sind die Geschwister des Schönen; und keines von diesen drei Dingen kann ohne das andere leben. Ja, wahrhaftig, wer ein schönes Bild malen will, der muß zuerst ein guter und wahrer Mensch sein.«

Ich mag den tieferen Sinn all dessen damals kaum verstanden haben. Aber ich hatte doch mit der tiefsten Befriedigung zugehört. Mir war so recht warm ums Herz geworden bei den Worten des Malers; so wie bei einem der Märchen, die die Mutter zu Hause vorlas.

»Warum wird denn der Weg durch den Wald immer gefährlicher?« fragte ich.

Der Vetter Liborius hob jäh den Kopf und blickte mich wild an. »Weil zwischen den Baumwurzeln die Teufel lauern!« rief er. Sein vom Feuer gerötetes Gesicht mit den eingefallenen Wangen, dem schwarzen Bart und den glühenden Augen sah in diesem Augenblick entsetzlich aus. »In diesem Hause stecken *auch* die Dämonen!« fuhr er fort, mit schriller, fremder Stimme. Und damit sprang er auf, holte eine Flinte hinter dem Schrank hervor, legte an und schoß, daß die Schrotkörner unter Krach und Blitz in das Deckengebälk schlugen. Danach wischte er sich den Schweiß von der Stirn und sagte mit grimmiger Genugtuung: »So! *Ein*

Eichhörnchen habe ich wieder hinter der Tapete heruntergefegt!« Im selben Augenblick kollerte ein Apfel vom Schrank herab und fiel auf den Boden. Der Vetter Liborius erschrak, blickte irr um sich, warf die Flinte über den Rücken und riß das Fenster auf, an dem die Leiter lehnte. Und in Sekundenschnelle war er draußen hinabgestiegen und in der Weite des Schloßgartens verschwunden. Der Wind stob durch das Fenster herein, die Schatten huschten gespenstisch an den Wänden entlang, ich riß schreiend die Stubentür auf, stürmte die Treppe hinab und rannte nach Hause, wo mich die Mutter in die Arme schloß; ich war wie von Sinnen, so verwirrt und verängstigt, und es dauerte lange, bis ich mich beruhigte und berichten konnte, was geschehen war.

Das ist mein letzter Besuch beim Vetter Liborius gewesen. Seit der Stunde hielt mich die Angst von ihm fern. – Wenige Wochen später hieß es, er habe seinem Leben eine Ende gemacht, und nun, nach seinem Tode erst, erkannte ich, wie gern ich ihn gehabt hatte.

»Der Vetter Liborius ist ein guter Mann gewesen«, sagte der Benefiziat am Morgen vor der Beerdigung zu meinem Vater. »Ich habe ihn gut gekannt; und ich habe auch für ihn gesprochen. Es war eine erregte Vorstandssitzung gestern abend. Es wurden Stimmen laut, man solle ihn verscharren, weil er ein Selbstmörder sei. Aber ich habe das kirchliche Begräbnis durchgesetzt. Er ist dem Himmel immer sehr nahe gewesen, der Vetter Liborius, dem Himmel – und der Hölle. Denn Licht und Schatten sind nahe Verwandte, und die Tiefe birgt ihre eigenen Gefahren; Gefahren, die den, der zeit seines Lebens auf der Oberfläche schreitet, freilich kaum bedrohen und über die manch einer vielleicht spottet, weil er sie nie gekannt hat. Der Tote hat sie gekannt; – und er konnte doch nicht anders handeln, konnte nicht mehr entrinnen. Er wollte das Höchste, und das Höchste wird nur aus der Tiefe geboren. Er mußte den Preis zahlen. Aber wenn auch sein Leben den Gefahren der Tiefe zum Opfer gefallen ist – er war doch immer leidenschaftlich um das Gute bemüht. Und wie sollte uns im Jenseits nicht das zuteil werden, was wir auf Erden mit ganzer Kraft erstreben!«

... Manchmal, wenn ich die Augen schließe und an meine Kindheit denke, sehe ich den Vetter Liborius vor mir, wie er so sehnsüchtig in den Sonnenschein blickt und seine Arme ausstreckt, als wolle er eine Welt voll Licht und Schönheit umfassen, und ich wünsche, ich möge ihm noch einmal begegnen. Denn ich weiß ja, daß er unter den Glücklichen weilt. Er hat den letzten Schritt getan: wie er es sich immer ersehnt hat, so ist er hinabgestiegen zur Tiefe jenes Brunnens, mit dessen Wasser er sich zu Lebzeiten die Augen genetzt.

WIE ICH MEINE HEIMAT VERLIESS

Als ich am Morgen die Augen aufschlug, sangen ganz laut die Vögel vor den Fenstern. Es war noch früh. Auf der Straße vor dem Haus war es noch still, und kein Menschenlaut war zu hören. Nur einmal wurde unten am Anger ein Tor geöffnet, ein Wagen rollte hinaus ins Feld, und einigemal schallte das Knallen der Peitsche und das Wiehern des Pferdes herauf. Dann war wieder alles ruhig in den Straßen, und ich hörte immerzu nur das Schmettern der Vögel vor den Fenstern und in den Gärten und hinter den Gärten in den Feldern.

Das Fenster über meinem Bett war aufgeschoben, die frische Morgenluft strömte herein, und die weißen Wände der Kammer strahlten in dem hellen Tageslicht. Ich lag so eine Weile still auf dem Rücken, hatte mir die Arme unter den Kopf gelegt und ließ meinen Blick über die Decke und durch die ganze Kammer gehen. Die Sonnenstrahlen blitzten in den Scheiben,

ich betrachtete die goldenen Lichttücher, die den Fenstern gegenüber an der Wand hingen, und manchmal sah ich, wie der Schatten einer Schwalbe über sie hinglitt.
In den ersten Augenblicken, da ich wach gewesen war, hatte ich so im Liegen nicht eben viel gedacht, als daß die Sonne so warm auf mein Bett scheine, daß die Vögel so schön sängen und daß dies eigentlich ein Grund für mich sei, mich so recht zu freuen. Aber dann war mir eingefallen, daß dies, vielleicht für immer, die letzten Stunden waren, die ich in meinem Elternhaus verbrachte, und es ging mir nun noch einmal durch den Kopf, wie in den letzten Tagen so vieles bei uns anders geworden war:
In der Nacht waren Bruder Franz und die Schwägerin mit den Kindern vorausgegangen, gegen das andere Deutschland hin, in dem man ein freies Leben führen konnte. – Ich würde ihnen noch heute folgen. – Es war jetzt das zweite Jahr, daß wir das Soll nicht erfüllen konnten, und wir hatten schon seit einiger Zeit überlegt, ob wir den Hof nicht verlassen sollten. – Allein der Gedanke, all das preiszugeben, was uns seit unserer Kindheit umgab und was schon unsere Eltern und Großeltern umgeben hatte, war Bruder Franz und mir schwer gewesen. Die Kinder waren noch zu klein, um zu begreifen; doch die Schwägerin, die dann auch nicht mehr

in die Sandgasse in ihr Elternhaus und zu ihren Geschwistern hätte gehen können, hatte ähnlich empfunden wie wir. So war denn ein endgültiger Entschluß von Tag zu Tag hinausgeschoben worden.
Aber dann war eines Morgens ein Schreiben für Bruder Franz gekommen, mit der Aufforderung, die Höhe sämtlicher Ernteerträge sowie den Umfang des Viehbestandes und jeglichen landwirtschaftlichen Besitzes in einem beigefügten Fragebogen darzulegen. Wir wußten, da es Nachbarn im Dorfe ähnlich ergangen war, daß dieses Schriftstück helfen sollte, eine Anklage gegen Bruder Franz als den Besitzer des Hofes zu konstruieren, und daß es in einem Prozeß als belastendes Material dienen konnte. Es war nun vorauszusehen, daß Bruder Franz spätestens nach dem nächsten Ablieferungstermin verhaftet werden würde, es sei denn, wir erfüllten bis dahin das Soll. – Daß dies nicht möglich war, war uns gewiß.
Aus all dem hatten wir erkannt, daß es für uns an der Zeit war, unsere Heimat zu verlassen, anderswo neues Land zu erwerben, einen neuen Hof zu gründen und ein neues Haus zu bauen ...
Daraufhin war das Vieh in der vorhergegangenen Woche Stück für Stück auf Umwegen zu Schwester Gertrud ins Oberdorf gebracht wor-

den, damit sie es heimlich schlachten lasse und damit wenigstens sie auf diese Weise ihr Soll erfüllen könne. So hatten wir unsere Hofwirtschaft nach und nach aufgelöst. Was etwa an Wertgegenständen im Hause war, ein paar alte Truhen, altes Kupfergeschirr und altes Porzellan, hatten wir gleichfalls zu Schwester Gertrud gebracht.
Am Vorabend waren wir endlich mit allen Vorbereitungen fertig gewesen. Nach dem Abendessen hatten wir noch ein wenig in der Wohnstube gesessen und verschiedenes besprochen; wir wollten erst den Einbruch der Dunkelheit abwarten, ehe wir das Dorf verließen. Da hatte ich auf einmal gesagt, ich möchte noch diese eine Nacht im Hause bleiben, weil es wohl die letzte sei, in der ich in meinem Elternhaus schlafen könne. Ich wolle dann schon nachkommen. Die andern hatten zuerst gescholten, aber dann war ihnen wohl der Gedanke gekommen, daß wir die Grenze unauffälliger überschreiten könnten, wenn wir uns trennten, und so hatten sie mich denn gewähren lassen. Nur hatte mir die Schwägerin aufgetragen, ich solle, bevor ich als letzter das Haus verließe, noch einmal nachsehen, ob auch alles gut verriegelt sei. Ich hatte es ihr versprochen, um sie nicht zu beunruhigen. Ich wußte, die Riegel würden wenig nützen ...

Als es dunkel geworden war, hatte ich die andern ein Stück ins Feld hinein begleitet, und wir hatten voneinander Abschied genommen. Ich war dann allein zurückgegangen ins Haus, hatte die Vordertür abgeschlossen und war endlich heraufgestiegen in meine Kammer.
Nun waren die andern schon seit mehreren Stunden unterwegs. – Viel Gerät hatten sie nicht mitgenommen, nur einen Handwagen mit etwas Bettzeug und dem Wichtigsten an Nahrung und Kleidung. Auf dem Wagen konnte auch noch das kleinste der Kinder sitzen. – Die Grenze war in der letzten Zeit zu scharf bewacht, als daß man sie mit einem großen Gefährt hätte überqueren können. So aber, mit nur wenig hinderlicher Habe, würde die Flucht wohl gelingen. – Wir hatten vereinbart, daß wir zunächst zu Bruder Konrad ziehen wollten, der schon seit Jahren in der Fremde und in dem anderen Deutschland lebte. Bei ihm würden wir dann, wenn unser Weg glücklich war, in zwei oder drei Tagen wieder zusammentreffen.
Während ich dies alles bedachte, sangen die Vögel draußen immer schöner, und das Sonnenlicht, das in die Kammer fiel, wurde immer heller und wärmer. Nach und nach wurden auf der Straße Stimmen laut; Tore wurden aufgeschoben, und ich hörte, wie in den Höfen

ringsum die Arbeit anfing. Zugleich aber bemerkte ich auch, wie im Hause selbst alles still blieb. Da war kein Gehen und Türenschließen, kein Knarren der Stiege, kein Rufen, das den Kindern galt, die Pumpe auf dem Hof stand ruhig, das Vieh meldete sich nicht, – in den Ställen, in der Küche, in der Wohnstube, in den Kammern, überall war eine ungewohnte Ruhe. Da spürte ich so recht, daß ich allein im Hause war.

Ich stand dann auf und ging hinunter, wusch mich und frühstückte. Den Rucksack hatte ich schon am Abend vorher gepackt und in der Wohnstube auf die Bank gelegt. Ich tat jetzt noch ein Brot hinein und wollte ihn eben zuschnüren, da fiel mir ein, daß ich dies und jenes im Haus gern noch einmal gesehen hätte. Ich legte daher den Rucksack beiseite und ging noch einmal über die Böden, besah mir die Räume, in denen ich gelebt hatte, und nahm all die Dinge, die mir lieb geworden waren, fest in mein Herz.

Zuerst stieg ich auf den obersten Boden. Da stand, seit Jahren unberührt, in einem Winkel das Spinnrad meiner Großmutter, an der Giebelwand lehnte der alte Schrank, der früher im Schlafzimmer meiner Eltern gestanden hatte und den die Schwägerin hatte heraufschaffen lassen, weil er ihr nicht mehr gefiel, und neben ihm, in die Ecke unter die Schindeln gerückt, stand die Wiege, in der meine Mutter als Kind gelegen hatte. Ich sah das alles an und spürte, wie eine sanfte Macht von den Dingen ausging und in mein Gemüt strömte. Ich konnte mich nicht wehren, die Tränen kamen mir in die Augen. Nie hatte ich die alten Gegenstände so bewußt und liebevoll betrachtet wie in diesem Augenblick; und ich wußte doch, daß ich all dies verlassen mußte . . .

Ich trat an eines der Dachfenster und sah über das Dorf hin: die Dächer lagen rot in dem warmen Sonnenschein, vor dem Grün des Waldes, unter dem blauen, goldenen Himmel; der Schloßgiebel ragte auf zwischen ihnen, die Lichtstrahlen blitzten in seinen Fenstern, und in den Straßen rollten die Wagen. Manchmal schallten die Stimmen spielender Kinder herauf, Vetter Ignaz saß auf seinem Hof und dengelte die Sense, und die Hühner gackerten ringsum in den Nachbargärten, und die Vögel sangen dazwischen . . .

Ich ging an das gegenüberliegende Fenster und ließ meinen Blick über die Gärten in das Land hinausgehen. Das Korn stand überall reif auf den Halmen, der Wind lief darüber hin, und hier und da stand zwischen den goldenen Tüchern der Felder eine Zeile von Obstbäumen, eine einzelne Linde oder an einem Bachrande ein Weidengebüsch. Ich sah, wie sich das Land in Hügeln hob und senkte und wie die Wege leuchtend weiß an den Abhängen dahinliefen und zur Struth führten, zum Mühlberge, zum Hintersten Tal, zu all den Orten, deren Namen mir seit meiner Kindheit vertraut waren. Fern, gegen Norden, erhoben sich die Hügel zu bewaldeten, blau schimmernden Bergen, und noch weiter fort, nach Westen hin, standen in zartem Dunst die Gipfel des Ohmgebirges. Über all dem war eine reine, strahlende Luft. – Das war meine Heimat.

Ich hatte als Kind manches Mal so gestanden wie jetzt und in die Ferne gesehen und mich danach gesehnt, einmal in die Fremde zu ziehen. Später war ich lange Jahre in der Fremde gewesen, und endlich war ich in meine Heimat zurückgekehrt. Ich hatte auch dann noch oft an diesem Fenster gestanden und war mit meinen Augen in die Weite gegangen; aber nach der Fremde hatte ich mich nicht mehr gesehnt. Mir war dann immer die Erinnerung an die Städte gekommen und an all das, was hinter den fernen Bergen lag wie in einem anderen Land; und wenn ich so stand und weithin über die Felder sah und die Lerchen hörte, wie sie in den Himmel stiegen und sangen, dann war mir so recht aufgegangen, wie gut, wie schön und wie wahr mich die Dinge hier umgaben, und ich hatte nichts sehnlicher gewünscht, als daß ich immer in meiner Heimat und in meinem Elternhaus bleiben dürfe.

Dies war nun das letzte Mal, daß ich so stand.

Nach einer Weile ging ich die Stiege hinunter auf den Boden. In den Kammern stand überall das helle Sonnenlicht. Es war so still in ihnen; nur die Fliegen summten. Ich hätte mich gern in eine der Kammern hineingesetzt, hätte die Hände ineinandergelegt und immerzu durch die Fenster gesehen, wie draußen so klar und leuchtend der Himmel über den Dächern stand. Mehr wollte ich gar nicht: nur immer da sitzen, den Himmel sehen und das Sonnenlicht auf den Händen spüren ... Ich wäre dann doch zu Hause gewesen!

Aber ich wußte, daß dies unerreichbar war.

Unten in der Wohnstube stand ich eine Zeitlang vor dem Bild der heiligen Familie, das über dem Tisch hing. Ich stand ganz ruhig da und betrachtete es lange und sorgfältig, damit ich doch ja nie vergesse, wie es ausgesehen habe; und die Mutter Gottes, der heilige Josef und das Jesuskind sahen aus dem Bilde so ernst und gütig auf mich herab, wie sie es seit meiner Kindheit Tag für Tag getan hatten.

Das Bild war einer jener billigen Farbdrucke, wie man sie auf dem Lande in fast jedem Haus findet. Aber meine Eltern hatten es immer in Ehren gehalten, mir selbst war es lieb geworden, als ich noch ein Kind gewesen war, und es erschien mir unvorstellbar, daß ich je mein Tischgebet vor einem anderen Bild sprechen könne.

Ich sah mich dann noch einmal um in der Stube und erblickte auf dem Fensterbrett einen kleinen Stoß alter Zeitschriften. Ich holte mir die Schriften an den Tisch und schob sie auseinander. Es waren fast alles Marien- und Michaelskalender. Die meisten von ihnen waren mir wohlbekannt; sie hatten meiner Mutter gehört, und ich hatte sie als Kind oft und gern betrachtet. Später waren sie nicht mehr zu finden gewesen, und ich hatte manche Stunde vergeblich nach ihnen gesucht. Sie waren wohl erst in den Wirren der letzten Tage wieder zum Vorschein gekommen; die Schwägerin mochte sie auf die Fensterbank gelegt haben, und da waren sie dann liegengeblieben, ein wenig versteckt hinter den Vorhängen und zwischen den Blumentöpfen, bis ich sie nun gefunden hatte.

Unter den Heften sah ich auch die »Monika« wieder, eine Zeitschrift für häusliche Erziehung. Es war der Jahrgang von 1883; meine Großmutter hatte ihn noch mit einem Leinenfaden geheftet. Ich verglich die »Monika« mit den

anderen Schriften und fand, daß sie die älteste war. Sie war auch ganz verstaubt und vergilbt, und mehrere Blätter von ihr fehlten; andere hatten sich von dem Leinenfaden losgelöst.
Ich blätterte noch ein wenig in den Kalendern und sah all die schönen Bilder von Kaulbach, Kleehaas und Vautier, an denen ich mich als Kind so erfreut hatte. Da beschloß ich, die Hefte mitzunehmen. Ich legte sie schön gerade übereinander, tat die »Monika«, die den meisten Schutz brauchte, in die Mitte und nahm einen Bogen Papier aus dem Tischkasten, um ihn darumzuschlagen. – Plötzlich, während ich noch so beschäftigt war, wurde an der Vordertür heftig geklopft. Ich schrak im Augenblick zusammen, faßte mich aber gleich wieder, da ich mit Ähnlichem gerechnet hatte und wohl wußte, was nun zu tun sei. Vorsichtig trat ich an eines der Fenster und blickte hinter den Vorhängen hinaus auf die Straße. Da standen sie, rüttelten an der Tür, sahen am Haus entlang und sprachen miteinander. Es waren der Gendarm in seiner neuen, fremden Uniform und zwei Männer in Zivil mit schmalen Lippen und wirrem Haar, die mir noch nicht im Dorf begegnet waren. Sie sahen sich sehr ähnlich in ihren Augen und in ihren Gesichtern. – So war also unsere Flucht schon bekannt geworden. – Der eine der Fremden hob jetzt den Fuß und trat ein

paarmal mit aller Kraft gegen die Tür, daß das Fachwerk an der Hausfront erzitterte und daß in der Diele ein wenig Mörtel auf die Fliesen sprang. Es war nun Zeit, daß ich ging. Ich wollte das Paket mit den Kalendern und der »Monika« rasch in den Rucksack tun, fand aber, daß nicht genug Platz darin war. Ich nahm daher das Brot, das ich mitnehmen wollte, heraus, schnitt es durch und legte die eine Hälfte beiseite. Die andere Hälfte tat ich wieder in den Rucksack, in den nun auch die alten Schriften hineinpaßten. Dann nahm ich den Rucksack auf den Rücken, warf noch einen Blick durch die Stube, in der ich mich immer so wohlgefühlt hatte, und ging endlich hinaus und über das Holztreppchen hinunter auf den Hof. An der Vordertür klopften sie noch immer. Das Poltern schallte durch das ganze Haus, und der Hund stand vor seiner Hütte und bellte wie unsinnig. Ich sah noch einmal nach, ob das Tor gut verschlossen sei. Die Riegel saßen fest, und Bruder Franz hatte den großen Querbalken noch durch eine Eisenschiene verstärkt. Sie würden die Vordertür aufbrechen oder ein Fenster einschlagen müssen, wenn sie ins Haus gelangen wollten.

... Als ich schon hinter der Scheune im Garten war, jaulte der Hund vorne auf einmal so kläglich, daß mir der Gedanke kam, ich könne ihn

eigentlich mitnehmen. Ich ging deshalb noch einmal auf den Hof zurück, befahl ihm, still zu sein, befreite ihn von der Kette und ging dann mit ihm wieder durch die Scheune in den Garten. – Hinter dem Garten liegen gleich die Felder. Schon seit Wochen hatten wir an seinem nördlichen Ende auf jeder Seite des Zauns eine kleine Leiter bereitgestellt, damit wir, wenn uns Verhaftung drohen sollte, leicht die Staketen übersteigen und in die Felder entkommen konnten. – Der Hund konnte die Leiter nicht hinaufkommen. Ich nahm ihn darum auf den Arm und hob ihn nach drüben. Er war recht schwer und sträubte sich, weil er dachte, es geschehe ihm etwas. Dann stieg ich selbst über den Zaun, hob die Leiter, die im Garten stand, zu mir herüber, trug beide Leitern ein Stück am Bach hinunter und versteckte sie endlich in dem Roggenfeld von Vetter Heinrich. So konnten sie, falls man mich suchen sollte, nicht sofort verraten, wie ich den Hof verlassen hatte, und man konnte mir vom Haus aus nicht so leicht folgen. Man mochte jetzt auch eher annehmen, ich sei in einen der Nachbargärten gestiegen und hielte mich im Dorfe versteckt.
Ich ging indessen mit dem Hund zwischen den Feldern hinauf zum Mühlberg. Das Dorf wurde nach und nach hinter uns kleiner, wir hörten die Lerchen ringsum singen und gingen so

Schritt für Schritt durch den Sonnenschein, immer weiter von Hause fort.
Endlich, da wir an die Schier-Eiche kamen, machten wir halt, und ich setzte mich vor dem Dunkel zwischen den Stämmen an den Rand unserer Wiese. Die Sonne stand hoch über dem Wald, und es war beinahe Mittag. Der Hund saß neben mir und ließ die Zunge aus dem Maul hängen, und wir sahen beide hinab auf das Dorf, das vor uns im Tale lag. Die Dächer glänzten im Sonnenschein und standen hell und rot vor dem dunklen Grün des Düns, und zwischen ihnen erhob sich der weiße Kirchturm. Da es um die Mittagszeit war, sah ich, wie hier und da aus einem Schornstein ein leichter Rauch in die Luft stieg. Die Schindeln der Dächer schienen in ihm zu zittern. Die Luft war so klar, daß ich jedes einzelne Haus erkennen konnte. Ich sah auch den Giebel meines Elternhauses. Dazu trug der Wind den Klang der Geräusche herauf. Einmal hörte ich, wie auf dem Anger die Milchkannen abgeladen wurden, und vereinzelt erscholl aus den Gärten ein Hahnenschrei. Über all dem stand der Himmel in seinem strahlendsten und reinsten Blau. Es war ein Bild, wie es lieblicher und wohltuender nicht gedacht werden kann. Und all dies sollte ich in Zukunft nicht mehr sehen dürfen.
Als dann die Mittagsglocke läutete und ihr

Klang über die Felder zu uns heraufkam, wurde der Hund unruhig, stellte sich vor mich hin und sah mich erwartungsvoll an. Er meinte, es wäre nun Zeit, wieder nach Hause zu gehen. Er bellte auch ein paarmal und lief ein Stück gegen den Weg hin, der durch das Pfaffental zum Dorf hinunterführt. Er kam aber jedesmal wieder zurück und stellte sich aufs neue vor mich hin. Ich sah seinem Treiben eine Weile zu und dachte, daß er recht habe und daß wir an anderen Tagen immer um diese Zeit zu Hause gewesen waren ... Vielleicht war es für den Hund besser, er bliebe im Dorfe. Er hatte, seit mein Vater gestorben war, keinen eigentlichen Herrn und mochte uns Geschwister alle gleich gern leiden. Schwester Gertrud würde ihn wohl aufnehmen. Darum sagte ich endlich zu ihm: »Lauf nur heim, Ami! Lauf heim!« Da bellte er und sprang in großen Sätzen durch die Wiese gegen das Dorf hinab. Einen Steinwurf weit blieb er noch einmal stehen und drehte sich nach mir um, als wollte er sehen, ob ich nicht nachkäme, und ich stand auf und rief ihm noch einmal zu: »Lauf, Ami! Lauf heim!« Da lief er weiter. Ich wäre ihm gerne nachgelaufen durch die Felder und über die Wiesen und zwischen den Gärten hindurch in das Dorf hinein. – Aber sie hätten mich gefangengenommen. Ich stand nur da und sah dem Hund nach, wie er dem

Bachlauf in großen Sprüngen ein Stück folgte, so daß sein schwarzweißer Rücken sich bei jedem Sprung hob und senkte, wie er dann, immer kleiner werdend, hier und da in den Wiesen noch einmal auftauchte und endlich weit unten zwischen den Bäumen am Dorfeingang verschwand. Das war so schnell gegangen. Ich stand noch immer und schaute hinab zum Dorf. Alles blieb still, und nur die Lerchen sangen in der Luft. Da hob ich die Augen und sah fremd um mich her. Ich sah, wie der Sonnenschein ringsum über der Landschaft lag, wie die Felder leuchteten und wie der Wind die Halme bog, der Wald rauschte immerzu hinter mir, und die Wege glänzten und liefen weit in das Land hinein, und so weit sie liefen war kein Mensch zu sehen, mit dem ich hätte sprechen können. Es war Mittag, und jedermann war zu Hause. Da begriff ich, daß ich allein war ... Ich dachte, wie es am Morgen so schön gewesen war, als die Vögel vor den Fenstern gesungen hatten, als die Sonne in die Kammern geschienen hatte und als es so still gewesen war im Haus. Und dann dachte ich an meine Mutter und an meinen Vater, wie sie nun schon mehrere Jahre tot waren und immer so glücklich in unserm Haus gelebt hatten und von all dem Bösen nichts gewußt hatten. Ich dachte auch, wie wir in der Wohnstube immer gemeinsam vor dem Bild der Heiligen Familie gebetet hatten, wie wir des Abends immer zusammengesessen und die Arbeit für den kommenden Tag besprochen hatten, und wie das alles so gut gewesen war. Und dann dachte ich an den Hund, wie er sich nach mir umgesehen hatte, ob ich nicht nachkäme, und wie er jetzt wohl vor dem Tor stehe und belle, damit man ihn hineinlasse. Und es war doch niemand da, der ihn hereinlassen würde. Da tat er mir leid; denn es ist ein arges Gefühl, nicht nach Hause zu können, obwohl man so dicht vor dem Tor steht. Ich wäre so gern zu Hause gewesen, und ich konnte doch nicht …

Ich saß den ganzen Nachmittag vor dem Rauschen der Tannen und sah auf das Dorf hinab. Am Abend, als die Sterne zum Vorschein kamen und als es kühl wurde, ging ich ein paar Schritte in den Wald hinein, breitete meinen Mantel zwischen den Baumwurzeln aus, legte mich darauf und schob mir den Rucksack unter den Kopf. Dann bin ich ein wenig eingeschlummert.

Ich wurde wach, als mich etwas sanft ins Gesicht stieß. Ich richtete mich auf und sah umher, der Wind ging durch die Zweige, der Bach murmelte nahebei, und die Sterne waren über den Wipfeln, – neben mir stand winselnd der Hund. Er blutete am Kopf, und ein Auge war ihm geschlossen und ganz verschwollen. Sie mußten ihn mit einem Knüppel geschlagen haben. Ich machte mein Taschentuch am Bach naß und verband ihn damit. Er legte sich dann zu meinen Füßen nieder, knurrte ab und zu, wenn sich im Unterholz etwas regte, und sah mich manchmal mit seinem gesunden Auge an. Ich war doch froh, daß er wieder bei mir war.

Der Hund hatte mir wieder alles in Erinnerung gebracht. Ich begriff nun deutlich, daß ich es nicht wagen durfte, in das Dorf zurückzugehen. Alles war endgültig gewesen. Ich sah wieder das Haus vor mir und die Wohnstube, und dann sah ich all die Plätze auf dem Hof und im Garten, an denen ich als Kind gespielt hatte. Der enge Winkel neben der Scheune trat mir vor Augen, in dem sich einmal ein fremder Hund verfangen hatte und in dessen Dunkel ich zuweilen mit Angst und Grauen hineingegangen war, um meinen Ball hervorzuholen; ich sah den Sandplatz an der Fachwerkmauer, dann die Mauer selbst, ganz deutlich, die Risse in ihren Balken, die Stellen, an denen der Putz abgebröckelt war, die Figuren, die ich als Kind in die Wand gekratzt hatte ..., dann den Schutz in der Scheune, den Schlitterboden, den kleinen Gemüsegarten hinter den Ställen, ich sah alles, alles ... In dem Gemüsegarten hatten Bruder

Konrad und ich, als wir noch zur Schule gingen, einmal einen Brunnen graben wollen ... Bruder Konrad. Er hatte immer geweint in den letzten Jahren, wenn er seinen Urlaub bei uns zu Hause verbracht hatte und am letzten Tag wieder fortfahren mußte. Ich hatte ihn nie recht verstanden. Und nun war mir doch selbst so zumute, daß mir die Tränen in die Augen kamen, und ich dachte: Es war schon recht, Konrad, daß du geweint hast. Es war schon recht. Jetzt verstehe ich dich. Das Heimweh ist nichts, dessen man sich schämen muß. Das Heimweh ist eine echte Krankheit. – Mir wurde das Herz immer schwerer, als ich dies dachte; ich konnte mich nicht mehr fassen. Ich legte die Stirn auf die Erde, und die Tränen sprangen mir aus den Augen. Und der Wald rauschte immerzu um mich her, der Wind fuhr durch die Wipfel und um die Stämme, und die Sterne schienen ... Ich lag unter den Bäumen und unter den Sternen und war in meinem ganzen Leben nicht so ohne Trost gewesen. Ich konnte nur noch denken: Es war schon recht, daß du geweint hast, Konrad. Es war schon recht ...

Am nächsten Tag bin ich mit dem Hund hinübergegangen in das andere Deutschland, in das Land der Freiheit, nach dem ich keine Sehnsucht hatte. Ich konnte mich nicht freuen. Ich dachte immerzu an das Haus, in dem ich aufgewachsen war und in dem nun die fremden Menschen umhergingen, und mir war, als hätte ich alles verloren, was ich je geliebt hatte.

Epilog

DAS VERLASSENE DORF

Noch tost der Bach
Um die bemoosten Steine
Und fließt
Entlang an Schuppenwänden,
Hin unter Stegen
Und vorbei an Gärten,
Wo hinter schrägen,
Eingesunknen Zäunen
Holunderdolden blühn.

Geh aus und ein
Durch die verfallnen Tore,
Nichts wehrt dich ab:
Die Höfe
Schattenkühl und still,
Die Häuser leer,
Die Fenster blind,
Die Dächer alt und schwer
Und eingeknickt.

Verhalt den Schritt,
Dem Lichterspiel sieh zu

Auf Ziegelwerk und Stein
Und lausche:
Kein Wagenrollen mehr,
Kein Sensendengeln
Und keines Menschen Laut.
Von Ferne nur, verirrt,
Ein Hahnenschrei.

Im Frühjahr,
Um die Zeit der Schmelze,
Schwillt der Bach
Und nimmt von ungefähr
Ein Kinderspielzeug mit,
Das einstmals
Abends in der Dunkelheit
Am Ufer liegenblieb.
Das war vor langer Zeit.

KLEINE KONSTANZER BÜCHERTRUHE

Kostbarkeiten der Literatur

Matthias Claudius

Er sendet Tau und Regen

Ausgewählte Texte

107 Seiten, Gebunden, ISBN 3-7621-1808-6

Dieses Buch bringt mit seiner
kleinen Auswahl an Gedichten
und Prosatexten dem Leser
vor allem Claudius' theologische
Schriften wieder ins Bewußtsein.
Aus ihnen sprechen Frische,
Fröhlichkeit und Wärme;
der tiefe Glaube bereichert uns.
Dankbar stellen wir fest,
daß die Welt des Matthias Claudius
auch die unsere ist: das
wunderbare, staunenswerte Werk
des Schöpfers.
Die bibliophile Ausstattung
in größerem Druck macht dieses
Bändchen zu einem erlesenen
Geschenk – für andere oder
für sich selbst.

Friedrich Bahn Verlag · 78464 Konstanz

KLEINE KONSTANZER BÜCHERTRUHE

Kostbarkeiten der Literatur

Eduard Mörike

Der Sonnenblume gleich

Kleines Eduard Mörike Lesebuch

88 Seiten, Gebunden, ISBN 3-7621-1810-8

Die vorliegende Auswahl bringt
anhand von Briefen, Gedichten
und Textauszügen
Eduard Mörike den Lesern nahe:
seine Art, den direkten Weg zum
Mitmenschen zu gehen, die Liebe
als sein ureigenstes Anliegen, die
übergroße Freude und das
übergroße Leid, das im Leben
verschmolzen ist, sein Glaube
an die wärmende und
strahlende Güte Gottes,
die wie ein Sonnenstrahl
sich den Menschen nähert
und spürbar wird.

Friedrich Bahn Verlag · 78464 Konstanz